# VIVE L'HEURE D'HIVER

Collection « Coups de sang »
dirigée par Jean-Pierre Liegibel


ISBN 2-87742-010-8

CLAUDE MICHELET

# VIVE L'HEURE D'HIVER

Enquête :
PATRICE BURNAT

Renaudot et Cie
Editeurs

DU MÊME AUTEUR

aux Éditions Robert Laffont

LA GRANDE MURAILLE

UNE FOIS SEPT

MON PÈRE EDMOND MICHELET
Prix des Écrivains Combattants 1972

ROCHEFLAME

J'AI CHOISI LA TERRE
Prix des Volcans 1975

CETTE TERRE EST TOUJOURS LA VÔTRE

DES GRIVES AUX LOUPS
Prix Eugène Le Roy 1979
Prix des Libraires 1980

LES PALOMBES NE PASSERONT PLUS

LES PROMESSES DU CIEL ET DE LA TERRE

POUR UN ARPENT DE TERRE

LE GRAND SILLON

*A ma petite-fille Lucie,*
*née à 13 heures (d'été),*
*12 heures (d'hiver),*
*11 heures (solaire).*

*Je pense à la lumière et non pas à la gloire*
*Chanter, c'est ma façon de me battre et de croire ;*
*Et si de tous les chants mon chant est le plus fier,*
*C'est que je chante clair, afin qu'il fasse clair.*

Edmond Rostand, Chantecler

*Loué soit Dieu, mon Seigneur, à cause de toutes les créatures, et singulièrement pour notre frère messire le soleil, qui nous donne le jour et la lumière !*

Saint François d'Assise

# AVANT-PROPOS

Imaginons... Oui, imaginons qu'un obscur technocrate en quête de notoriété échafaude un jour dans l'ombre de son cabinet un projet révolutionnaire : « Et si l'on décidait de faire commencer l'été le 21 décembre ? C'est facile, c'est pas cher, et tant pis si ça ne rapporte rien. La mesure frappera les esprits, elle n'impliquera aucune dépense... Et si ce changement-là ne suffit pas à occuper le bon peuple, eh bien on pourra toujours décrêter que le 1er janvier tombera cette année le 43 octobre 8032 ». Oui, je sais, c'est grotesque. Qui serait assez idiot, ou assez mégalomane, pour oser simplement envisager une aussi affligeante absurdité ? Et quel peuple serait suffisamment avachi pour l'accepter d'emblée, pour s'aligner sans rechigner sur ce calendrier-là au seul motif que « la loi c'est la loi » ? Quel peuple ? Mais le nôtre, hélas ! Car voilà maintenant treize ans que nous vivons une situation presque analogue à celle-ci. C'est dès

1973 que des politiciens inconséquents, soucieux de marquer leur temps, ont le plus sérieusement du monde projeté de changer le nôtre. La mode n'étant pas encore aux colonnes tronquées, ils se sont mis en tête de jouer avec le soleil, pas moins ! Oui, ils tenaient enfin leur bonne idée, celle qui leur permettrait d'inscrire leur nom dans l'histoire. Cette mirifique idée, ils ne l'ont, hélas ! plus lâchée, et ils nous ont pondu l'admirable décret du 29 septembre 1975 qui allait instaurer, dès le printemps suivant, ce qu'il est convenu d'appeler « l'heure d'été ».

Fameuse trouvaille ! Et fameuse nouveauté, en effet, qui nous ramenait d'un trait de plume à cette « heure allemande » que nous avions dû subir pendant l'occupation. Encore l'intérêt de cette mesure était-il au moins évident pour l'armée de l'envahisseur nazi, qui avait tout naturellement aligné toutes nos pendules sur celles du Führer : malheur aux vaincus. Oh, en 1976, on a, certes, avancé une superbe justification. On s'en souvient, nous avions alors des problèmes avec le prix du pétrole ; il était donc fortement question d'économiser l'énergie. Nous verrons plus tard ce qu'il en a été, et ce qu'il en est aujourd'hui. Mais on ne s'est à aucun moment préoccupé de savoir si cette « heure d'été » recueillait l'adhésion d'une majorité de Français, pas plus qu'on ne s'est soucié d'étudier les mille et un inconvénients apportés par ce diktat dans la vie de ceux qui devraient, bon gré mal gré, s'y soumettre.

Les technocrates ont probablement conclu qu'ils avaient tout prévu, en alignant sur des états soigneusement mis à jour la longue liste des « détails » à régler avant le premier grand chambardement bisannuel : horloges publiques à remettre au pas du jour, aménagement et harmonisation de tous les horaires de transports ferroviaires, aériens, routiers, urbains, etc. Techniquement, ils avaient tout envisagé. Humainement – connaissent-ils seulement ce mot ? – c'était le fiasco. Ils avaient, en effet, simplement oublié que tout le monde ne sort pas du même moule, c'est à dire que tout le monde n'est pas citadin, que tout le monde ne vit pas à l'ombre d'un ministère, mais qu'il existe, ici et là, des gens qui se soucient comme d'une guigne d'augmenter leur soirée d'une heure s'ils doivent pour cela perdre une heure de sommeil le matin, des parents dont les enfants refusent de se coucher alors qu'il fait encore grand jour et que leur « pendule interne » leur assure qu'on leur ment, des agriculteurs décalés dans leur vie sociale parce qu'ils sont obligés, eux, de travailler en fonction de l'heure solaire, des vieillards, des handicapés, des malades obligés de dîner au milieu de l'après-midi lorsqu'ils sont hospitalisés... La liste est loin d'être exhaustive. Et qu'on ne vienne pas nous parler d'« états d'âmes », d'éternelles récriminations de « ronchonneurs patentés », comme on a pu le faire ici ou là, dans le camp des quelques tenants de la nouveauté : d'éminents chronobiologistes, des pédiatres réunis en congrès ont unanimement dénoncé les méfaits du décret de 1975. On a même pu prouver que, loin d'avoir les effets escomptés sur les économies d'énergie, l'heure d'été risquait au contraire d'entraîner à terme de fantastiques dépenses puisqu'elle aggrave considérablement les phénomènes de pollution urbaine. A cela non plus les technocrates n'avaient pas songé. Mais, à cause d'eux, nous sommes bel et bien, aujourd'hui, quelques millions de sinistrés, et je pèse mes mots, de l'heure d'été.

Eleveur pendant la plus grande partie de ma vie, j'ai appris, comme tous ceux qui vivent en liaison étroite avec la nature, à ressentir le temps beaucoup plus en fonction de son échelle sidérale que de son échelle humaine. Les hommes ont inventé les secondes, les minutes et les heures et ils en sont esclaves. Mais la terre met 365 jours 1/4 pour tourner autour du soleil et l'être humain est fait pour vivre à son allure. Que cela plaise ou non, en été le soleil est à son zénith à 12 heures, et il faut une sacrée dose de mauvaise foi pour vouloir nous faire croire qu'il est déjà 14 heures à l'heure officielle ! Non, messieurs les inventeurs de cette pendule folle, on ne triche pas avec le soleil.

## CHAPITRE 1

## L'HEURE... C'EST QUOI ?

Autrefois, il y a à peine plus d'un siècle, tout était simple : il y avait « l'heure ». Laquelle ? Celle du clocher, le plus souvent. Au moment où le soleil était au plus haut, les deux aiguilles se superposaient à la verticale sur le cadran de l'église, et tout était parfaitement clair : il était midi, comme l'indiquait le ciel, comme le confirmait l'horloge. C'était à une époque où il importait peu de savoir quelle heure il pouvait être ailleurs, à Moscou ou à Greenwich, à Paris ou à Nice. En été, on se levait avec le jour, on s'arrêtait au moment des plus grandes chaleurs, et le soir on rentrait à la nuit tombante. On voyageait peu, le chemin de fer n'était pas encore venu bouleverser la vie des campagnes. On vivait au rythme des saisons, en accord, tout au long de l'année, avec le soleil qui bornait les jours. Qui imaginait que l'on devrait bientôt jongler entre « heure légale », « heure d'hiver » et « heure d'été » ?

Pour bien comprendre, il est sans doute utile de s'attarder un peu sur cette notion d'heure, subdivision du temps inventée par l'homme. Cela ne date pas d'hier : on estime généralement que ce sont les Chaldéens qui, les premiers, ont eu l'idée de fractionner le jour. Il ne suffisait déjà plus de savoir en quel mois de quelle saison on vivait (toutes les sociétés ont eu leur calendrier), il fallait encore préciser le moment de la journée dans lequel on se trouvait. Babylone avait donc imaginé de créer les « kapsur » : il y en avait douze, de deux heures chacune, d'un lever du soleil à l'autre. Et c'est probablement sur la base de ce système-là qu'est née, il y a deux mille cinq cents ans, la division du temps que nous connaissons.

Il est évident que tout cela n'a eu qu'une importance toute relative pendant des siècles, et même des millénaires... L'heure, pour qui ? L'heure pour quoi faire ? Ne suffisait-il pas de connaître les saisons pour semer ? Et de regarder le ciel pour savoir s'il était temps de se lever, de travailler ou de se coucher ? Soyons lucides : sabliers ou clepsydres, gnomons ou pendules étaient à peu près aussi utiles à nos lointains ancêtres que doit l'être le radio-réveil aux indiens d'Amazonie. Seulement... seulement, on n'arrête pas le progrès !

L'heure est donc devenue importante, évidente, indispensable, souveraine. Et omniprésente lorsque le fin du fin du « modernisme » et de la réussite fut de garnir le gousset de son gilet d'un « oignon ». Il eut alors été du plus mauvais goût d'oser demander qui, de la montre ou du propriétaire, se trouvait enchaîné. Mais passons. Au siècle dernier, c'est bien ce découpage du jour en tranches de vingt-quatre heures qui rythme la vie des civilisations. En 1887, on a découpé le globe en vingt-quatre fuseaux horaires, larges chacun de 15° en longitude, tous soigneusement alignés sur un méridien zéro centré sur la petite ville anglaise de Greenwich, dans la banlieue de Londres. Pourquoi Greenwich, précisément ? Tout simplement parce qu'on y installa, dès 1676, l'un des premiers observatoires. C'est arbitraire, mais pourquoi pas ? Nous tenons en tout cas, en ce XIXe siècle finissant, un « méridien origine » (origine des longitudes, en l'occurrence), qui va nous donner un « temps universel », correspondant au « temps solaire moyen de Greenwich » (ou, en anglais, « Greenwich mean time ») : c'est, bien sûr, du fameux horaire G.M.T. qu'il s'agit.

C'est un peu compliqué, mais il faut que tout soit parfaitement clair dans nos esprits. Donc, poussons plus loin. Nous avons un « temps universel », temps civil de Greenwich sur lequel sont alignées les horloges du monde entier, et une « ligne de changement de date » qui suit grosso modo le méridien antipode de notre méridien origine. Concrètement, c'est la raison pour laquelle nous « gagnons » un jour au retour d'un voyage vers l'est, et nous en « perdons » un au terme d'un voyage vers l'ouest. Voilà le temps précisé. Et il n'en demeure pas moins, à cause de la rotation de la terre sur elle-même et autour du soleil, qu'il existe une heure différente en chaque point du globe.

On ne sait plus, aujourd'hui, que l'uniformisation de l'heure en France, sur ces nouvelles bases, date en fait de moins d'un siècle. On ne se pose jamais la question, on n'imagine pas du tout que la génération de nos arrière-grands-parents a connu l'époque où, lorsqu'il était midi à Paris, il n'était que 11 h 42 à Brest mais déjà 12 h 19 minutes et 46 secondes à Nice. Car il a fallu attendre le 15 mars 1891 pour que soit instituée une heure légale valable pour l'ensemble du territoire : ce fut « l'heure de Paris », mise en place d'abord pour satisfaire aux nouvelles exigences du rail. Les horaires locaux imposaient en effet une bien désagréable gymnastique à ces messieurs du chemin de fer, alors en plein développement. Et ce n'est que bien plus tard encore, le 11 mars 1911, soit trente-quatre ans après l'institution de l'horaire G.M.T., que la France, qui se trouvait placée à l'intérieur du fuseau zéro, décida d'abandonner le méridien de sa capitale pour celui de Greenwich. On retarda alors toutes les pendules nationales de neuf minutes et vingt et une secondes.

Bon gré mal gré, la France, la France rurale en particulier, qui avait si longtemps vécu à l'heure de son clocher, dut se soumettre à ce premier changement. Rien de bien grave, en fait, à ce stade, même si de très sérieux membres du Parlement considéraient cette décision comme une « capitulation » face à la « perfide Albion ». Car des villes comme Le Havre, Argentan, Saumur, Angoulême ou Tarbes, par exemple, n'étaient pas fâchées du tout d'abandonner « l'heure de Paris », et pour cause : situées dans l'alignement du méridien de Greenwich, elles se retrouvaient, grâce au décret de 1911, en parfait accord avec leur heure solaire, abandonnée en 1891. Ailleurs, on pouvait parfois protester... Comme à Ouessant, point le plus occidental du territoire (décalé de 4,7° par rapport au méridien origine) qui se trouvait soudain en avance de 19 minutes sur Greenwich. Et ne parlons pas (pas encore) de l'Alsace, puisqu'elle n'allait être concernée qu'après la victoire de 1918. Précisons toutefois que l'écart y atteint aujourd'hui 33 minutes à Lauterbourg, son point le plus à l'est.

Voilà. Il fallait en passer par là pour bien mesurer l'absurdité du système dans lequel nous vivons depuis 1976. Il fallait comprendre qu'il y a un « midi vrai » spécifique pour chaque lieu donné, qui correspond au moment où le soleil, au plus haut de l'horizon, passe plein sud.

Et il fallait bien se mettre en tête le fait que ce midi-là n'a pas grand chose à voir avec le « midi légal » uniformisé, puisque, pour le seul territoire français, l'écart entre les points extrêmes fait apparaître un décalage de 52 minutes. Si l'on considère maintenant que « l'heure d'été » nous a encore décalés de deux heures par rapport au temps universel, on en arrive à ce simple constat : lorsqu'il est midi au soleil à Ouessant (avance solaire de 19 minutes, plus avance légale de 2 h sur Greenwich), les pendules affichent 14 h 19. Et à 19 heures 41, heure solaire, il est déjà 22 heures, heure légale. Le matin, à l'inverse, les petits Bretons, auxquels bien entendu personne ne songea dans les ministères giscardiens – et qui ont été également oubliés depuis par les technocrates socialistes – se lèvent aujourd'hui à 4 heures 41 solaires (7 heures légales), c'est à dire au milieu de la nuit, pour aller à l'école. Merci pour eux !

## CHAPITRE 2

## LES ORIGINES DE « L'HEURE GISCARD »

Comment en est-on arrivé là ? Bêtement. Et je suis bien élevé. On a vu que dans tous les systèmes précédents, je veux dire antérieurs à 1911, chacun vivait encore au rythme de « son » soleil : à l'heure de « son » clocher, ou de « son » méridien, peu importe. En fait, pour l'immense majorité des Français, les tripotages parisiens autour de l'heure faisaient figure de « gadget », comme on ne disait pas encore. Et ceux qui avaient trouvé le plus grand intérêt à la première uniformisation du temps en France, c'est à dire les promoteurs du chemin de fer, étaient si conscients de la résistance populaire au nouvel horaire que pendant vingt ans, de 1891 à 1911, l'heure des gares retarda de cinq minutes sur l'heure légale. Sage précaution pour éviter de laisser à quai la moitié des voyageurs...

Encore une fois, si le temps avait été un peu manipulé, on ne l'avait pas encore vraiment distordu, pourtant. Greenwich donnait son heure, qui n'était pas celle de Besançon. Au moins, les écarts avec l'heure solaire ne dépassaient pas trente minutes à l'est et dix-neuf à l'ouest. C'est la première guerre mondiale qui allait entamer le processus de dégradation de ce système-là.

En 1916, pour la première fois, la France décide en effet d'instituer une « heure d'été », en avance de soixante minutes sur l'heure normale de son fuseau horaire. Elle est applicable pendant six mois de l'année. Et on la justifie (déjà) par des raisons d'ordre économique : le pays est usé par deux années d'une lutte dont on ne voit plus la fin, on pense ainsi pouvoir gagner une heure de soleil le soir, et donc, peut-être, une heure de travail supplémentaire. La mesure, en tout cas, ne provoque pas de vague et elle survivra à la victoire : elle durera jusqu'en 1940.

Jamais, sans doute, le monde n'a été aussi fou que cette année-là. Et, au moment de l'effondrement de la France, alors que se jouent mille tragédies quotidiennes, on a évidemment autre chose à faire que de protester contre le nouveau système horaire. Celui-ci va pourtant beaucoup plus loin que tous les autres, en plaçant tout le territoire occupé par les Allemands sous l'heure de Berlin. Pour la première fois, probablement, dans l'histoire des civilisations, des hommes vont donc devoir vivre au rythme artificiel d'une horloge décalée de deux heures par rapport au soleil. Ils s'y feront, bien sûr. Comme aux topinambours, à la chicorée et aux rutabagas. S'il n'y avait eu que ça !

L'heure allemande ne pouvait décemment pas survivre à l'occupation. En 45, elle est donc jetée aux oubliettes de l'Histoire, et chacun s'apprête à retarder les aiguilles de sa montre pour l'accorder au méridien de Greenwich, qui apparaît comme un moindre mal. Mais ce serait évidemment trop simple... « Le monde a changé », comme on l'explique gravement à Paris. « L'Europe a été profondément transformée par la Deuxième Guerre mondiale, et les pays du vieux continent devront bien, un jour, marcher d'un même pas. Alors, pourquoi ne pas commencer par tenter une relative unification de l'heure ? D'autant que la Reconstruction, tout comme la guerre, impose de trouver des moyens de réaliser des économies ». Le résultat ? Un compromis entre l'heure allemande et l'heure de Greenwich. Une heure de décalage, comme en 1916, mais tout au long de l'année, cette fois, et non plus seulement en été. De 1945 à 1976, au moins, il n'y aura plus à remettre, deux fois par an, les pendules à l'heure. Pendant trente ans, on pourra croire en avoir terminé avec les « bidouillages ». Et puis viendra Giscard.

Le Président élu en 1974 a rangé au rayon des accessoires l'accordéon du ministre de l'Economie et des Finances qu'il fut sous Georges Pompidou. Mais il n'a rien oublié : ni de son passage rue de Rivoli, ni de ses « tabacs » à la télévision, lorsqu'il y apparaissait en pull-over. Il est conscient de n'être encore perçu par la masse des Français que comme un éminent économiste. Il a bien compris, d'autre part, que la poudre aux yeux n'agace que les observateurs lucides, et que ceux-ci ne représentent qu'un faible pourcentage de l'électorat. Et quelqu'un lui apportera un jour sur un plateau le plus joli gadget dont un Président assoiffé de popularité puisse rêver : un projet de décret n'impliquant aucune dépense pour l'Etat – donc pour le contribuable – et destiné, au contraire, à faire réaliser des économies au pays – donc à l'électeur. Un projet révolutionnaire non seulement pour la France, mais aussi, pourquoi pas, pour toute l'Europe. Un modèle du genre, dont lui, le Président, sera le père.

La France subit alors les contrecoups du second choc pétrolier. Les économies d'énergie sont plus que jamais à l'ordre du jour, mais toutes les petites mesures mises en place (extinction des vitrines la nuit, limitation des temps de diffusion de l'ORTF), se sont révélées aussi inefficaces qu'impopulaires. En revanche, le projet concocté par un inconnu au sein de l'AFEE (Agence Française pour les Economies d'Energie, plus tard remplacée par l'AFME) a tout pour séduire le Gouvernement. Que dit-il ?

Que l'établissement d'une heure d'été en avance de soixante minutes sur l'heure d'hiver permettrait d'épargner chaque année l'achat par la France de quelque 300.000 tonnes équivalent pétrole (TEP). Ce qui représenterait, très concrètement, « une quantité d'énergie égale à celle nécessaire pour le chauffage d'une agglomération de 500.000 habitants pendant tout un hiver ». 300.000 tonnes de pétrole, en fait, c'est aussi le chargement d'un seul pétrolier lourd, un de ceux qui, parfois, s'éventrent au large des côtes bretonnes. Mais, à l'époque, allez savoir pourquoi, on avait jugé cette image-là moins attrayante que la précédente. Il s'agissait de convaincre... On n'eut guère de mal, semble-t-il.

Le Président, en effet, a aimé. Il faut dire que l'AFEE ne s'était pas montrée avare d'arguments pour vendre son projet : « Avantage économique, mais aussi avantages au plan des loisirs, les activités de plein air pouvant être prolongées en fin de soirée à la lumière solaire ; avantages, encore, en matière d'unification de l'Europe... » Avantages, avantages, avantages ! A se demander comment les Chaldéens avaient pu être assez sots pour passer à côté d'une idée comme celle-là après avoir inventé l'heure.

Ils sont comme ça, les technocrates, et il faut le savoir. Comme il est bien rare qu'autour d'eux on vive encore en fonction du soleil, comme ils n'ont jamais connu – pour l'immense majorité d'entre eux – qu'une vie citadine, ils en déduisent aussitôt que plus personne ne peut avoir besoin, ou même simplement envie, de respecter les rythmes naturels. Vous connaissez sans doute la vieille histoire de ce Français de passage à Calais qui voit débarquer une jeune femme rousse du bateau de Douvres et note aussitôt, d'une belle écriture, sur son carnet de voyage : « Toutes les Anglaises sont rousses ». Ne souriez pas : c'est bien au même type de personnage que nous avons ici affaire. Et leur raisonnement, aussi vicié soit-il, prévaut sur le nôtre. Qui, d'ailleurs, a songé à nous demander notre avis ?

Il n'y a eu aucune consultation, avant la publication du décret instituant « l'heure d'été ». Pas le moindre début de commencement de l'ombre d'un débat, pas la plus timide tentative de consultation. Rien. L'Elysée a agi exactement comme s'il ne s'agissait que d'une affaire courante parmi d'autres : comme la taille du fanion sur la voiture présidentielle, ou les nouvelles attributions du chef du protocole. Que le Gouvernement, d'un seul bloc, ait pu ensuite entériner la décision pourrait surprendre. Mais qu'on ne s'y trompe pas : beaucoup de ministres sont d'abord des hommes, qui tiennent à leur maroquin. Ils évitent donc d'être en désaccord avec le Président, surtout pour une broutille aussi dérisoire qu'une heure de plus ou de moins ! Ils sont aussi des individus, c'est à dire des gens inévitablement soumis aux influences de leur mode de vie, de leur entourage. On serait sans doute étonné d'apprendre combien de réformes ont pu naître et naissent au cours de dîners en ville, quand il apparaît soudain que tous les convives sont unanimes sur la manière de régler tel ou tel problème. Il est d'ailleurs assez facile d'imaginer le dialogue : « Une heure d'été ? En avance d'une heure sur l'heure actuelle, de deux heures sur l'heure solaire ? Mais, cher ami, quelle fantastique idée ! C'est tellement triste, le tennis sous court couvert en été, après une journée au ministère » (ou à la banque, ou au journal, ou au Palais de Justice, on n'a que l'embarras du choix). Et puis, c'est d'une simplicité absolue, puisqu'il suffit d'avancer les aiguilles des horloges. Je vous fiche mon billet que les gens n'attendent que ça ! Qui cracherait sur une heure de soleil en plus ? ». Qui, en effet ? Car il n'y a jamais d'agriculteurs dans ces dîners-là. Ni, d'ailleurs, de boulangers, maçons, écoliers, vieillards, marins-pêcheurs, instituteurs, écologistes, charpentiers, éducateurs, forestiers, éleveurs... Arrêtons-nous un instant. Qui y a-t-il à ces dîners ? Un ou plusieurs ministres ou secrétaires d'Etat, des avocats, journalistes, parlementaires, artistes, écrivains, financiers ou hauts fonctionnaires. Ils ne savent plus, depuis quelques générations, qu'il existe un rythme naturel de la vie et des saisons, que le coq chante au matin pour saluer le jour... et que nous sommes encore quelques-uns à préférer cette manière d'appréhender le monde. Alors, ils en ont parlé entre eux, avec la certitude que tout le monde était d'accord, et le reste – c'est à dire l'essentiel pour l'usager – n'était plus qu'une formalité. Le 29 septembre 1975, tout était dit : ce jour-là paraissait au *Journal Officiel* le décret chargeant le ministre de l'Industrie et le secrétaire d'Etat à la Recherche de faire appliquer la nouvelle heure légale, dont la première application était fixée au dimanche 28 avril 1976, à 1 heure du matin. Dès lors, il ne restait plus qu'à se soumettre à la loi. Dommage, tout de même, que nos spécialistes ès-réformes n'aient pas eu le loisir de dîner ce soir-là dans quelques-unes de nos campagnes : ils auraient eu le triomphe plus modeste, ces misérables.

# CHAPITRE 3

# HEURE D'ÉTÉ ET SOCIÉTÉ

Tout nouveau, tout beau ? Ne nous voilons pas la face. C'est vrai : l'heure d'été a trouvé d'emblée de chaleureux supporters, en ville essentiellement, parmi ceux qui ne sont pas tenus de se lever au petit matin pour aller travailler, ceux qui n'ont pas d'enfants à envoyer à l'école et ceux qui ont avalé toute crue la fable des économies d'énergie. Mais les autres ? Vous, moi ? Eh bien, nous avons d'abord commencé à grommeler, chacun dans notre coin, en nous demandant si c'étaient nos gouvernants ou nous qui étions devenus fous. De même qu'il n'y avait pas eu de débat avant le décret de septembre 75, il n'y avait pas eu, non plus, la moindre critique publique de l'heure d'été à la veille ou au moment de son application. Cela paraît invraisemblable, mais c'est ainsi que tout s'est passé : le 28 avril 1976, au réveil, 50 millions de Français auxquels on avait fait la leçon par voie de presse ont sagement avancé leur montre de soixante minutes, sans un murmure : plus disciplinés qu'une bande de veaux, plus obéissants qu'un troupeau de moutons. Ah, les bons citoyens ! Ah, les braves gens ! Avant l'heure c'est pas l'heure ? « Faux. Tout est changé, mon vieux, vous n'avez rien compris. Avant l'heure, maintenant c'est l'heure. Et circulez, vous allez être en retard ! »

Timidement, de petites voix ont cependant commencé à se faire entendre, ici et là. Première « surprise », l'impact du changement d'horaire sur les enfants, et d'abord sur les jeunes enfants : vous savez, ces délicieux petits poupons qui exigent encore un biberon à heure fixe (non par méchanceté mais parce que leur estomac le réclame) et qui se couchent avec les poules. Les décaler d'une heure pour respecter un règlement idiot ? Essayez donc ! Allez donc expliquer à ces adorables bambins que c'est important pour la facture pétrolière de la France, que papa a envie de jouer au tennis en plein air et que, de toute façon, « c'est pour leur bien ». Ils s'en moquent, oui ! Ils ont faim, ou sommeil, ou pas sommeil, un point c'est tout. Alors, bien sûr, on peut toujours prendre son mal en patience, tricher en rognant cinq ou dix minutes par-ci par-là. Ce système a un avantage : il n'est pas brutal. Il présente aussi un sérieux inconvénient : il y a de grandes chances pour que tout soit à recommencer, en sens inverse, au moment où l'adaptation aura enfin été menée à bien...

Bébé a grandi ? Il va à la crèche ou à l'école ? Bien. Mais il faut donc maintenant qu'il se couche tous les soirs à heure fixe, et à une heure « raisonnable » si l'on ne veut pas qu'il « tombe de sommeil » au réveil. Seulement, il fait grand jour, en été, aux heures dites « raisonnables ». Et comme on apprend rarement à lire aux enfants dans les colonnes du *Journal Officiel,* ils ne comprennent pas, mais alors pas du tout, pourquoi ce qui était permis hier – aller au lit lorsqu'il fait nuit – est aujourd'hui interdit. Pourquoi ils doivent regagner leur chambre si précipitamment, pourquoi on ferme leurs volets alors qu'il fait encore jour. D'ailleurs, les bruits ne sont pas les mêmes, ni dans la rue ni dans la maison, et ils savent bien que ce n'est pas l'heure de se coucher. Ils n'ont pourtant pas le choix : l'école commence à 8 heures. Légales. Au soleil, il ne sera que 6 heures s'ils habitent Saumur, 5 heures 40 s'ils vivent à Brest... Bonne nuit, les petits.

Mais parlons-en aussi, de l'école. Parce que ce qui s'y passe, chaque matin à partir du printemps, mérite tout de même d'être évoqué. Que disent les enseignants ? Que, dès le mois d'avril, les enfants sont fréquemment « instables, nerveux, inattentifs, irritables », et même « insomniaques » en maternelle. Un coup d'œil au volumineux courrier reçu par « l'Association contre l'horaire d'été » (dont il sera abondamment question dans un chapitre ultérieur) est, à cet égard, significatif. « Depuis l'invention de l'heure d'été, j'attendais des milieux concernés de l'Education nationale ou de la Santé que s'élèvent des protestations ou des interpellations face aux responsables de cette manipulation du temps », écrit par exemple une enseignante en retraite de Castres. « Comment ceux qui s'intéressent aux enfants, aux malades, aux vieillards, à toutes ces vies qui ne sont plus ou pas encore rentables, peuvent-ils tolérer cette erreur ? (...) Après avoir supprimé les écoles rurales et contraint les enfants à des heures de car sur toutes les routes de France, nous voyons les familles disloquées se séparer au petit matin vers leurs centres scolaires respectifs, dans la somnolence ou l'agitation. Et ce qui m'a fait sourire, malgré mon indignation, c'est d'avoir vu à la télévision combien on prenait soin des enfants de la maternelle en créant des professeurs de sommeil (une dame allait et venait, promenant son coussin pour encourager les enfants à dormir). Pourquoi n'arrivent-ils plus à dormir, sinon parce que les horaires imposés détruisent les rythmes naturels du sommeil, surtout chez les plus fragiles qui, déphasés, n'ont plus pour s'opposer à cette règlementation abusive que l'aggressivité ou la violence ». Ailleurs, c'est un médecin de Juvisy-sur-Orge, exerçant dans les PMI et en maternelle, qui estime que « l'heure d'été constitue une ineptie et un danger sur le plan biologique, en premier lieu à l'égard des enfants ». Plus loin, c'est un père de famille de Villeneuve-sur-Lot qui affirme avoir constaté sur ses enfants « le bouleversement apporté par ce changement d'horaire depuis son instauration arbitraire », une mère de Fréjus qui ne peut plus coucher ses enfants avant 21 heures : « Lorsque j'essayais de le faire à 20 heures ou 20 heures 30, explique-t-elle, ils s'énervaient et ne s'endormaient plus qu'à 22 heures. A chaque printemps, et jusqu'à la fin de l'année scolaire, ils perdent une heure de sommeil par jour ». Laissons enfin la parole à un professeur de musique de Bourgoin-Jallieu : « J'enseigne à cinq cents enfants, et je constate que mes élèves, âgés de 12, 13, 14, 15 et 16 ans sont, à 8 heures du matin, soit endormis et sans réactions, soit très excités; perturbés de toute façon. On ne peut plus travailler correctement pendant tout le troisième trimestre. Tout est déséquilibré... » Ils ont tous vu que quelque chose ne collait plus, et tous compris qu'il fallait qu'ils s'expriment, puisque personne n'avait envisagé leur problème. Mais qui s'en soucie ?

Père de famille nombreuse, j'ai moi-même constaté les ravages de l'heure d'été chez nos six enfants. Mais j'ajoute que c'est aussi l'éleveur que j'ai été pendant presque trente ans qui a réagi, en septembre 75, à la décision giscardienne. J'avais déjà bien conscience de tricher un peu, par force, avec le soleil, puisque ce que nous baptisons « heure d'hiver » (une sottise, car l'heure n'a pas de saison) conserve en moyenne soixante minutes d'avance sur la matinale apparition de la petite étoile qui nous honore de ses rayons. Soixante minutes, c'est déjà long, surtout pour ceux qui vivent en symbiose avec le soleil. Mais enfin c'était surmontable, d'autant plus que, depuis 1916, nous avions eu le temps de nous habituer. C'était devenu acceptable, car il semblait établi qu'on pouvait vivre tout en snobant un peu le rythme naturel de l'univers. Bref cette première avance était entrée dans les mœurs. Cependant, au moment où, d'un grand coup de pouce dans les horloges, on décida le plus arbitrairement du monde qu'il serait 14 heures, et non 12, lorsque le soleil serait au zénith, je dois dire que je fus un peu estomaqué. N'est-ce pas le summum de l'orgueil et de la stupidité que de prétendre vouloir empêcher l'homme de vivre en harmonie avec les lois immuables qui régissent l'univers ?

Nos technocrates de 1975 (et leurs successeurs, d'ailleurs, puisque le décret n'a jamais été remis en cause) savent-ils, par exemple, que les vaches doivent être traites à heure fixe ? Ces bêtes, qui travaillent en fonction de la lumière, fabriquent leur lait à leur rythme biologique, qui est implacablement réglé. Il n'est qu'à entendre les meuglements inquiets des vaches dont on retarde la traite, ne serait-ce que de trente minutes. Elles non plus ne lisent pas le *Journal Officiel*. On ne pourra jamais leur expliquer que la « vie moderne » implique des contraintes. Mais les producteurs de lait, que deviennent-ils dans tout ça ? Eh bien, comme ils respectent leur « instrument de travail », leurs laitières, ils sont écartelés entre deux horaires, le naturel et le légal, celui de la nature et celui des hommes. Pour travailler, ils se lèvent à 5 heures du matin (3 heures au soleil). Eh, oui. Ils n'ont pas le choix, ils ne peuvent pas s'offrir le luxe de rater le passage du collecteur de lait. Le soir, ils terminent leur journée à 11 heures : il n'est sans doute que 9 heures au soleil, mais leurs enfants sont bel et bien couchés, parce qu'ils doivent bien entendu aller à l'école le matin, et se lever à l'aube, eux aussi, pour ne pas rater le car de ramassage scolaire dont nous parlions tout à l'heure. Nous tenons là l'un des exemples les plus flagrants de l'absurdité de ce système. Notre producteur de lait n'est pas seulement épuisé par des journées de travail dont aucun citadin n'accepterait simplement l'idée, il est en outre victime d'une véritable exclusion sociale. Ses soirées ? Ce ne sont évidemment pas les dîners en ville ou les spectacles de la Comédie-Française qui lui manquent le plus : il a malheureusement bien rarement le temps d'y songer et il est, de toute façon, géographiquement trop loin de tout cela. Mais, à la campagne, on dispose au moins de la télévision, et elle y est sans doute plus importante qu'en ville. Eh bien, il devra y renoncer. En été, il soigne ses bêtes ou travaille aux champs quand ses enfants sont à table; il est encore dehors au moment du film. Et quand il rentre, il se couche : il sait qu'il lui faudra, quelques heures plus tard, se lever au milieu de la nuit.

Les agriculteurs, dans leur ensemble, connaissent tous exactement les mêmes difficultés à partir du printemps. A la saison des fenaisons ou des moissons, par exemple : car le soleil ne se lève pas deux heures plus tôt pour sécher le foin ou le grain. Résultat ? A 8 heures du matin, quand il n'est encore que 6 heures au soleil, la rosée qui ne s'est pas encore évaporée empêche tout travail. Que faire ? Se croiser les bras en attendant que ça se passe, mais en râlant contre un tel gâchis, peut-être... Ou alors, commencer à 10 heures. Seulement, les ouvriers agricoles, eux, embauchent à 8 heures, terminent à midi, reprennent à 14 heures... dans les pires conditions qui soient, d'ailleurs, puisque c'est à 14 heures, précisément, que le soleil tape le plus fort. La sagesse commanderait probablement de se décaler individuellement par rapport à l'heure légale, mais ce n'est, hélas, pas si simple, à moins de se marginaliser définitivement, comme ces exploitants d'Artigat, dans l'Ariège : « Nous travaillons la terre, disent-ils. Et nous retardons de deux heures notre pendule dès que les autres membres de la famille ne sont plus tenus à l'heure officielle. Mais que de tracas lorsqu'il faut aller faire des courses, se rendre dans certains bureaux ou prendre un train. La journée est à nouveau bouleversée ». Et, parbleu ! l'agriculteur a, lui aussi, besoin des banques, des postes, de l'école, du journal télévisé et des magasins. Alors, il prend son mal en patience, rentre des champs après 22 heures, le soir, parce que c'est à la fin de la journée que le travail se fait dans les meilleures conditions. Il est décalé. Et pas franchement ravi de l'être. Il n'y a guère qu'un aspect du problème pour le faire, malgré tout, franchement rigoler : aucun Premier ministre, apparemment, ne s'est encore avisé du fait qu'il se coupait sans le savoir, en été, de tout l'électorat rural en prenant cérémonieusement la parole à la télévision à 20 heures, au moment où, en principe, la France se met à table...

Qu'ont répondu les technocrates à toutes ces récriminations, ou à ces simples constats d'une lumineuse évidence ? Rien. Et ce n'est pas faute d'avoir été sollicités par les organismes reconnus. Quand la très sérieuse Chambre d'Agriculture de l'Indre consacre, par exemple, l'une de ses sessions à une « délibération relative à l'heure d'été », en juin 1986, ses conclusions sont parfaitement claires. En voici d'ailleurs le texte intégral : « La Chambre d'Agriculture de l'Indre, réunie en session ordinaire le vendredi 27 juin 1986 sous la présidence de M. Bernard Jollet, son Président,

DÉLIBÉRANT conformément aux dispositions législatives et réglementaires en vigueur ;

CONSTATANT que l'heure d'été avançant de deux heures par rapport à l'heure solaire :

– perturbe gravement les rythmes de vie des cheptels, surtout laitiers, entraînant des baisses de production,

– perturbe les agriculteurs dans leur vie puisqu'ils sont, dans leur travail, obligés de suivre l'heure légale le matin et l'heure solaire le soir,

– cause des problèmes importants par rapport à la main d'œuvre salariée sur l'exploitation,

– perturbe plus particulièrement les enfants d'agriculteurs en âge scolaire, qui doivent se lever très tôt le matin pour prendre les cars de ramassage scolaire et ne peuvent se coucher tôt, la vie de la famille étant tributaire de l'activité agricole de l'exploitation (de nombreux enseignants constatent un accroissement de la fatigue des enfants dès le changement d'heure);

CONSIDÉRANT que les économies d'énergie

soi-disant réalisées sont largement compensées par l'accroissement des frais médicaux et pharmaceutiques occasionnés par le décalage horaire sur les organismes humains;

DEMANDE l'abrogation de l'heure d'été et le retour à la même heure toute l'année ».

Tout y est. Il n'y manque même pas l'indispensable interrogation sur le bien-fondé de la mesure en matière d'économies d'énergie, thème auquel nous nous intéresserons un peu plus tard. Mais cela ne semble pas avoir convaincu ceux qui nous gouvernent. Pas plus, d'ailleurs, qu'une autre délibération, prise le même mois de la même année, par l'Assemblée générale, cette fois, de la Fédération départementale des groupes d'études et de développement agricoles (FDGEDA, section de la FDSEA) de Seine-et-Marne. Ce n'était pourtant pas moins instructif, qu'on en juge: « Les cent cinquante délégués des Groupes d'études et de développement agricoles réunis le 10 juin 1986,

DÉLIBÉRANT sur les difficultés d'adaptation des pratiques agricoles avec les horaires d'été, compte-tenu du décalage des interventions culturales de deux heures par rapport à l'heure du soleil qui se traduisent:

– pour les semailles, par un moindre et plus tardif réchauffement du sol;

– pour les traitements antiparasitaires, soit par un retard de deux heures sur l'heure légale à cause de la rosée, soit par des interventions à risques aux heures chaudes de la journée, soit par des reports d'intervention au-delà de 20 heures ;

– pour la moisson, par l'impossibilité de commencer les travaux avant 12 heures et par la nécessité de les prolonger tard dans la nuit qui ont pour conséquences :

– pour les exploitants, la perturbation de leur vie familiale en raison de leurs heures tardives de travail,

– pour les salariés, l'impossibilité de concilier leurs horaires de travail entre les heures propices au travail et les impératifs de leur vie familiale et sociale (vie de famille, école, activité audio-visuelle, etc),

– pour l'ensemble de la main-d'œuvre, une moins bonne productivité du travail au cours de la matinée et une surcharge en fin de journée ;

DEMANDENT instamment le retour à l'heure solaire ».

« Instamment » ou pas, elle est toujours là, l'heure d'été. Les grosses voix des instances agricoles n'ont pas eu plus de succès que les petites voix de tous ces agriculteurs qui se sont fendus d'une belle lettre à leur député, à leur sénateur, à leur ministre ou même au Président de la République, pour exprimer leur malaise depuis 1976. Ce n'était pas toujours si facile, de prendre la plume : c'est qu'ils n'en avaient pas systématiquement l'habitude, dans les générations précédentes. Mais ils l'ont fait, et plutôt bien, comme cette agricultrice du Calvados, si pudique et si sensée, qui commence par s'excuser, là où elle aurait tous les droits de se mettre en colère : « Ayant 71 ans, dit-elle, je suis de celles qui sont allées en classe jusqu'à 13 ans, pour ensuite aller à la ferme, et je vous assure que je suis bien ennuyée si je dois écrire à une personne instruite. J'espère que vous me comprendrez. Etant veuve depuis vingt ans, j'exploite toujours ma petite propriété, vu la retraite qui m'est attribuée, et je crois que tous les cultivateurs seraient avec moi dans cette correspondance, car pas un n'apprécie ces deux heures de décalage. C'est la grogne de tous. Le matin, il faut se lever tôt, vu les ramasseurs de lait. Pendant les foins et les grains, à 10 heures, donc 8 heures solaires, la rosée n'est pas tombée, si bien que l'on ne peut presque rien faire dans la plaine. Après le repas de midi, il faut partir sous un soleil de plomb... » On connaît la suite. Mais vous n'y pouvez rien, Madame. Cette stupide invention est le fait des dirigeants d'une société qui n'a presque plus rien de rural. Nous sommes entrés dans une « civilisation de loisirs », comme ils disent, et ce genre de mesure ne pourra contenter que les jeunes citadins, les retraités, et, de toute façon, les gens sans enfants. Cela ne vaut-il pas que l'on sacrifie les autres, tous les autres, dont vous faites partie ?

Si les gens de la terre étaient seuls à se plaindre, c'est sans doute ce genre d'argument qu'on leur opposerait – avec quelques précautions oratoires tout de même, parce que ça vote aussi, un agriculteur. Mais on aurait tôt fait de ressortir les clichés: « Le paysan? Un éternel mécontent! Toujours insatisfait de son sort, du temps qu'il fait, de la pluie, de la sécheresse, de ses récoltes, de ses prix de vente, des accords européens, bref de sa vie ». Ceux qui le pensent oublient un peu vite, toutefois, qu'on les voit rarement défiler de la Bastille à la Nation. Qui fait grève? Les paysans? Non. C'est un luxe qu'ils ne peuvent pas s'offrir! Il ne faudrait quand même pas que la majorité citadine renverse les rôles. Mais c'est un autre débat. Et, heureusement, dans le cas de figure qui nous intéresse, les paysans ne sont pas seuls à grogner.

En fait, l'heure d'été empoisonne globalement la vie de tous ceux qui travaillent dehors. Sur un chantier, les difficultés rencontrées sont exactement du même type que celles que nous venons d'observer à la campagne: impossible, pour un ouvrier du bâtiment, d'entreprendre son ouvrage le matin, à l'heure où il fait encore nuit; impossible ensuite (ou alors dans quelles conditions?) de recommencer à 14 heures, c'est à dire au moment où il fait le plus chaud. Les maçons sont concernés, mais aussi les charpentiers, les couvreurs, et, au-delà, tous les ouvriers des Travaux Publics. Vous en voulez encore ? Eh bien, parlons des boulangers, dont les horaires difficiles n'avaient guère besoin d'être rendus plus pénibles encore par le décret de 1975. Parlons des marins-pêcheurs qui, lassés, se demandent aujourd'hui s'il ne serait pas opportun qu'une loi impose une fois pour toutes un horaire des marées en concordance avec l'heure légale... Parlons des travailleurs « postés », de tous ceux, et ils sont nombreux, qui font les « 3 x 8 ». Ecoutons d'ailleurs celui-là, qui écrit de Bagnolet : « Employé dans le métro parisien, dit-il, j'effectue un service alterné jour-nuit avec repos décalés. En jour, je me lève à 3 heures 45, soit 1 heure 45 solaire. Mais, vers juin-juillet, le jour se couche autour de 22 heures 15 – 22 heures 20, et, si je me couche à 21 heures, je ne puis m'endormir avant 23 heures, parfois plus tard, à cause de la chaleur, des bruits du voisinage (enfants, télévision, discussions, etc.), à cause aussi de la lumière qui filtre. Vous imaginez dans quel état je me retrouve le matin ! Et puis, il y a encore autre chose : autrefois, en partant travailler vers 5 heures 45 en été, je bénéficiais d'un peu de la lumière du jour. Maintenant, d'un bout de l'année à l'autre, je ne vois plus que la nuit ». Cela appelle-t-il vraiment un commentaire ?

Et il y a, enfin, ceux que l'on oublie le plus

souvent, parce qu'ils ne font partie, eux, d'aucune catégorie socioprofessionnelle bien définie: les malades, les handicapés, les vieillards, qui, tous, souffrent un peu plus encore lorsqu'ils ont le malheur de vivre l'heure d'été à l'hôpital. Pourquoi? Tout simplement parce qu'une administration comme l'Assistance Publique n'a ni l'envie ni les moyens de reculer d'une heure le moment des repas du soir, servis généralement entre 18 et 19 heures d'un bout à l'autre de l'année. Un organisme diminué, plus qu'un autre, a besoin de régularité et c'est le premier défaut du système. Mais 18 heures, en été, c'est le milieu de l'après-midi si l'on s'en tient à la position du soleil: 16 heures, à peine. Ensuite? Ensuite, il ne reste plus qu'à espérer le sommeil. Ou à le réclamer, sous forme de tranquillisants, de somnifères, d'hypnotiques... Dans toutes les maisons de retraite, ces troubles du sommeil sont constatés dès l'application de l'heure d'été. Alors, qu'il me soit ici permis de souhaiter un peu de mal à certains de mes contemporains: j'aimerais, oui j'aimerais qu'ils se retrouvent tous ensemble, en été, dans un hôpital, les joyeux technocrates de la civilisation des loisirs. Pour peu de choses: disons, une appendicite, ou, moins grave encore, un « tennis-elbow » aigu. Juste le temps d'apprécier avec quel appétit on savoure le repas du soir à 16 heures solaires. L'heure du thé...

# CHAPITRE 4

## HEURE D'ÉTÉ ET SANTÉ

S'il suffisait à l'être humain de reprogrammer chaque été son organisme d'un coup de remontoir, comme on avance les aiguilles d'une montre, tout serait évidemment beaucoup plus simple. Mais ce n'est pas tout à fait le cas. Et aux désagréments – majeurs – qu'éprouvent certaines catégories de Français dans leur vie sociale du fait de l'heure d'été s'ajoutent de réels malaises, parfois des maladies. Cette fois encore, il ne s'agit pas de fantasmes, de délires nés de l'imagination de braillards acharnés à noircir le tableau des méfaits du décalage. Non, tout cela, hélas ! est bien concret.

Qui l'affirme ? Mais les médecins ! Et pas seulement les spécialistes ! Interrogez donc les praticiens autour de vous, de ceux que l'on va consulter en premier : ils ont tous remarqué un afflux de patients « fatigués » dans leur cabinet au mois de juin. Généralement, ce sont des cadres, plutôt jeunes, plutôt actifs. Leurs symptômes ? Ils parlent d'un « grand coup de pompe », sans raison bien évidente. Ils ne se sentent pas très bien dans leur corps, ni dans leur tête, ils éprouvent une grande lassitude, accompagnée parfois de quelques troubles spécifiques. Qui sont-ils ? Eh bien, justement, ceux qui devraient le mieux se porter du changement d'heure : car c'est bien à eux que profite d'abord le « crime » du 29 septembre 1975. Ils sont les jeunes citadins qui peuvent enfin profiter d'une heure supplémentaire en fin de journée... et ils ne se privent pas de l'utiliser. Alors, le diagnostic du généraliste est simple. Depuis 1976, il a eu le temps d'apprendre à reconnaître le syndrome. Les raisons du « coup de pompe » ? Elles sont mathématiques : une heure, moins une heure, moins une heure, moins une heure quotidienne de sommeil... pendant deux mois ou deux mois et demi.

On ne triche pas avec le soleil, on ne triche pas plus avec le sommeil. Et le cadre qui ampute ses nuits de soixante minutes – ils sont nombreux à le faire – à partir du printemps, ignore qu'il accumule la fatigue, que celle-ci s'installe dans son organisme jusqu'au point de rupture, qui intervient le plus souvent au bout de huit à dix semaines. En juin, il est donc sur les genoux. Et comme il n'a pas encore compris qu'il était redevable à son corps d'une véritable « dette » d'une soixantaine d'heures de sommeil, il consulte :

– Docteur, au secours ! Parfois, ça me gratouille au cinéma (la dernière séance), ou bien ça me chatouille après une soirée entre amis (à la campagne, c'est un peu loin, mais les soirées sont si belles !). Quant au jogging, au tennis ou au bridge, je n'ai jamais été aussi minable. Que faire ?

– Dormez, mon vieux. Et n'accusez plus ceux qui réclament l'abolition de l'heure d'été d'avoir « des états d'âme » !

De la même manière, les enfants, dont les parents et les enseignants avaient été les premiers à remarquer les troubles du comportement, ont commencé à faire l'objet d'examens un peu approfondis. Eux aussi ont été emmenés en consultation. Et l'incidence du changement d'horaire sur leur état général a été si nette, tellement « incontournable » comme disent les technocrates, qu'il s'est trouvé un éminent pédiatre, le professeur Boris Sandler, chef du service de néonatalogie du CHR Pellegrin de Libourne, maître de conférences agrégé à l'Université de Bordeaux, pour développer des communications sur ce thème et entamer une véritable croisade, jusqu'à accepter finalement de prendre la présidence de cette « Association contre l'horaire d'été » dont nous parlerons tout à l'heure. Un an à peine après la mise en application du décret de 1975, le professeur Sandler sonnait déjà le tocsin. « Au mois d'avril 1976, écrivait-il dans le courrier des lecteurs de *La Revue du Praticien*, une nouvelle maladie a frappé les enfants d'âge scolaire. Les parents racontaient que leurs enfants présentaient des troubles du sommeil : le matin, impossibilité de se réveiller ; le soir, on notait un refus de l'alitement, une agitation, puis de l'insomnie. De leur côté, les instituteurs observaient une baisse de l'attention, un endormissement vers 10 heures du matin, une agressivité dans le courant de l'après-midi et une baisse du rendement scolaire.

« L'examen des malades était négatif. Un bilan plus complet pouvait cependant faire observer un non-décalage du pic d'excrétion des 17 hydroxycorticostéroïdes. L'évolution restait subaiguë jusqu'au 1er juillet, le malade ne faisant plus parler de lui jusqu'au 15 septembre, la symptomatologie réapparaissant alors jusqu'au dernier dimanche du mois.

« Une étude épidémiologique permettait d'observer que la maladie frappait également les enfants sur tout le territoire national, ainsi que dans la plupart des autres pays d'Europe, à l'exception de la Suisse et de l'Irlande.

« Une enquête plus approfondie permettait d'arriver enfin à un diagnostic étiologique : tous les troubles remontaient de façon très synchrone à l'instauration de l'heure d'été.

« Une rechute généralisée a été observée en 1977 ».

Je vous entends déjà : pour le non-initié à l'ésotérisme médical, dont je fais partie, tout cela est à peu près aussi clair qu'un cours de physique nucléaire rédigé en sanscrit. Mais le professeur Sandler, ne l'oublions pas, s'adressait en l'occurrence à ses confrères médecins, dans les colonnes de *La Revue du praticien*. Et sa conclusion, au moins, était parfaitement accessible, qui faisait état de « la perturbation d'un rythme biologique par des décisions technocratiques ». Il allait même un tout petit peu plus loin : « Certes, quelques barils de pétrole ont été économisés, admettait-il, mais de quel prix les enfants d'âge scolaire ont-ils payé ce gain ? Combien, par ailleurs, a coûté à la Sécurité sociale le remboursement des tranquillisants, somnifères, " fortifiants " prescrits ? Il appartient, je crois, aux pédiatres, mais aussi aux enseignants et aux parents, d'attirer l'attention sur " la sauvegarde de la santé de l'enfant, et par conséquent du corps social ", et d'exiger la suppression de l'heure dite d'été ».

Il n'a pourtant pas d'« états d'âme », le professeur Sandler. Ou alors seulement en tant que citoyen, consterné par l'aberration d'une décision administrative. En tant que scientifique, il se contente de dégager des enseignements et de tirer des conclusions de ses observations. Ce qu'il affirme, il ne l'a pas inventé tout seul dans son coin. Et ses cris d'alarme rejoignent les résultats des chercheurs d'une science toute neuve : la chronobiologie, qui a commencé il y a une vingtaine d'années à étudier de très près l'influence du temps sur le fonctionnement du corps humain.

Le premier constat de ces spécialistes-là ne souffre aucune contradiction : toutes les structures vivantes, qu'elles soient animales ou végétales, sont soumises à des rythmes biologiques précis. C'est ainsi que chacune de nos fonctions physiologiques subit une variation périodique, généralement égale à vingt-quatre heures, et que l'on appelle cycle circadien. C'est ainsi, également, que l'alternance cyclique activité-repos se fait chez l'adulte en deux phases : de sept heures à vingt-trois heures pour l'activité, de vingt-trois heures à sept heures pour le repos, avec un pic de forme musculaire enregistré vers trois heures de l'après-midi. Cela étant, l'expérimentation a également montré que la périodicité spontanée de l'horloge biologique se synchronisait sur celle d'un rythme externe, en l'occurrence les variations périodiques de l'environnement. Ainsi, le rythme veille-sommeil correspond à l'alternance jour-nuit. C'est là que la lumière intervient, et c'est bien dans le cosmos que l'homme repère ses rythmes biologiques. « Son donneur de temps puissant, majeur, est le soleil », insiste le professeur Sandler.

Les expériences de Michel Siffre, et, plus récemment, de Véronique Le Guen, qui passèrent tous deux des mois au fond d'une grotte, ont sans doute montré qu'il existait des horloges internes stables, peu influencées par les donneurs de temps extérieurs, comme le cycle circadien de la température... mais également d'autres, qui ont besoin de donneurs de temps extérieurs pour s'exprimer. C'est bien l'alternance lumière-obscurité qui règle l'horloge veille-sommeil. Dans son gouffre des Causses, Véronique Le Guen vivait des « journées » qui atteignaient parfois 40 ou 60 heures. Ces deux rythmes – température et veille-sommeil – sont bien l'un et l'autre génétiques, mais ils sont plus ou moins sensibles aux synchronisateurs extérieurs. C'est, d'ailleurs, dans le but de voir quelles sont les horloges asservies fortement à un rythme circadien (la tempérture) et celles qui se « libèrent » en l'absence d'un donneur de temps extérieur (le rythme veille)sommeil) que ces expériences sont entreprises. Mais laissons encore un peu la parole au professeur Sandler. Vous verrez que ce qu'il a à dire sur certaines conséquences inattendues du passage à l'heure d'été ne manque décidément pas d'intérêt.

« La température corporelle qui est prise rituellement deux fois par jour chez les malades hospitalisés et reportée sur les feuilles de température, écrit-il, subit elle aussi un rythme circadien. Pour un individu dont la température moyenne est de 37 °, il existe un minimum de température vers 4 heures du matin (heure solaire) et un maximum qui se situe douze heures plus tard, à 16 heures (heure solaire). Or, ces 16 heures (heure solaire), c'est justement 18 heures (heure légale) ! Et c'est aussi à 18 heures que, dans la plupart des services, sont prises les températures du soir. Ce moment coïncide avec le maximum physiologique de température de la journée. Si, par ailleurs, on n'a pas pris la précaution de prendre cette température après trente minutes de repos au lit, on peut alors observer de " pseudo-fièvres ". Si l'on sait que la température est un des signes cliniques qui sont relevés avec le plus d'attention par les médecins et le personnel soignant lors de la contre-visite, ces " pseudo-fièvres ", si elles sont méconnues, peuvent entraîner la prescription d'examens complémentaires (hémogramme, hémoculture, examen cytobactériologique des urines...) inutiles ». Premier constat, donc : prise, rituellement, à une même heure légale tout au long de l'année, la température ne donnera pas exactement les mêmes indications sur l'état du malade. L'heure d'été peut, en l'occurrence, être source d'erreur et provoquer le déclenchement de toute une série d'actes aussi coûteux que superflus. Mais ce n'est pas tout.

« En relation avec les rythmes biologiques,

poursuit le professeur Sandler, s'est créée une science, la chronopharmacologie, qui a permis de repérer pour certains médicaments des moments où ils sont le plus efficaces à une dose plus basse. C'est ainsi que l'administration de corticoïdes est plus efficace lorsqu'elle se fait en fin de nuit, dans une fenêtre thérapeutique qui est située vers 4 heures (heure solaire) ou 6 heures (heure légale) en été. L'observation suivante illustre la réalité, et aussi l'étroitesse de cette fenêtre thérapeutique : Gilles, 6 ans, atteint d'une polyarthrite rhumatoïde, est parfaitement équilibré grâce à l'administration à 5 heures du matin (heure légale d'hiver correspondant à 4 heures solaires) de 2,5 mg de Solupred. Cette thérapeutique lui suffit pour ne plus avoir de température, plus de fluxion articulaire, et pour mener une vie sensiblement normale. Au passage de l'heure d'été, l'infirmière continue d'administrer à Gilles son médicament à 5 heures du matin, heure légale d'été. Quarante-huit heures plus tard, tous les signes inflammatoires réapparaissent : température oscillante, fluxions articulaires, éruptions cutanées. Ce n'est qu'après plusieurs jours de réflexion que l'idée s'est faite que l'administration thérapeutique avait été en réalité déplacée d'une heure, et qu'elle avait ainsi manqué la " fenêtre thérapeutique " de l'enfant. Il fut alors demandé à l'infirmière de nuit d'administrer la corticothérapie à 6 heures (heure légale d'été), ce qui recalait la thérapeutique sur la fenêtre de l'enfant, située à 4 heures solaire. En quarante-huit heures, tous les signes inflammatoires qu'il présentait s'étaient à nouveau amendés ».

Eh oui, Messieurs les technocrates, tout cela existe. Il y a dans les hôpitaux des petits Gilles de 6 ans auxquels vos bonnes idées donnent des boutons , au propre et au figuré. Vous y aviez pensé ? Non, bien sûr. Et à la « température oscillante », aux « fluxions articulaires » non plus. Vous ne pouviez pas savoir ? Mais c'est, en théorie, votre boulot, de savoir ! Vous êtes responsables de tout ça, des pseudo-fièvres, des troubles de l'endormissement, des malaises des diabétiques aussi. Comment font-ils, eux, en été, les « insulinodépendants » ? On va vous le dire, à travers un cas précis cité par le professeur Boris Sandler, celui d'André, un informaticien de vingt-six ans. Diabétique, il doit mener la vie la plus régulière possible, et, en particulier, prendre ses repas à heures fixes. En hiver, il déjeûne à midi dans son restaurant d'entreprise, d'ailleurs il n'a pas le choix. En été, il déjeûne toujours à midi, mais, vous le savez bien, il est grâce à vous décalé d'une heure. Résultat ? Chaque année, au mois de mars et au mois de septembre, le changement d'horaire lui vaut trois semaines d'inutiles difficultés pour équilibrer son diabète. Tant pis pour lui ?

## CHAPITRE 5

# L'ASSOCIATION CONTRE L'HORAIRE D'ÉTÉ

Il fallait bien que tous ces griefs, toutes ces rancœurs, tous ces malaises finissent par se rencontrer. Il fallait bien qu'ils sortent de leur coquille, tous ceux qui protestaient dans leur coin depuis le printemps 1976. Ils ne demandaient que ça, bien sûr, mais comment faire ? Organiser des manifestations ? C'est un métier ! Et il n'y a pas encore de syndicats de vieillards, d'enfants, de diabétiques... En appeler aux partis politiques ? Impossible : ce combat-là manque décidément trop d'idéologie. Et puis nous verrons bien, tout à l'heure, comment ils se sont tour à tour défaussés du problème, au nom de l'Europe. Lancer une vaste campagne d'information ? Mais comment ? Avec quel argent ?

Ils étaient tous prêts à partir en croisade, les parents, enseignants, malades, agriculteurs, maçons, marins-pêcheurs, boulangers, charpentiers, éleveurs, éducateurs ou médecins qui avaient immédiatement ressenti les méfaits du décrêt de 75. Seulement, il leur manquait une tribune. Et une bannière. Ils ont fini par trouver l'une et l'autre.

« L'Association contre l'horaire d'été est née d'une façon un peu inattendue, explique aujourd'hui son président, le professeur Boris Sandler. Il se trouve que j'avais été, très tôt, alerté par certains effets du changement d'heure sur les enfants: une instabilité comportementale, de l'anxiété, des troubles de l'endormissement, etc. Pour moi, les choses étaient claires: c'était bien l'heure d'été qui était en cause, et les effets du changement étaient d'autant plus importants qu'il fallait soudain prendre une heure d'avance sur le soleil au printemps, c'est à dire au début d'une saison fatigante puisqu'elle représente déjà un moment de rupture dans les biorythmes annuels. Alors, j'ai publié en 77 un premier petit papier dans *La Revue du Praticien*. Et puis, je suis revenu à la charge au congrès des pédiatres de langue française qui s'est tenu à Toulouse en 1981, sur le thème "L'heure d'été: une autre cause de difficulté scolaire". L'idée faisait son chemin, elle a été largement traitée au cours de colloques d'enseignants, et les journalistes ont commencé à s'y intéresser. A partir de ce moment-là, j'ai bientôt été submergé par des avalanches de courrier. Voilà comment tout a commencé ».

Car ce n'est pas un agitateur professionnel, le

professeur Sandler, il ne faudrait pas s'y tromper. S'il est parti en guerre contre l'heure d'été, c'est parce que ses observations de pédiatre l'ont conduit à prendre le problème à bras-le-corps, et certainement pas pour se faire de la publicité. Il avoue, d'ailleurs, qu'il n'avait au départ aucune idée de la réelle ampleur du problème : « Je prêchais pour ma paroisse, dit-il. Et en toute objectivité, je crois... Parce que, pour être tout à fait honnête, le changement d'horaire ne m'a jamais vraiment perturbé personnellement, je pense faire partie de ceux pour qui l'adaptation au nouvel horaire se fait en douceur. Mais, professionnellement, il fallait tout de même bien que je dénonce ce que je voyais ! Là où je m'étais trompé, c'est en pensant que les enfants étaient probablement les seules " victimes " de l'heure d'été. Et j'ai été absolument stupéfait de recevoir soudain autant de courrier et de m'apercevoir que mes correspondants venaient de tous horizons. Qu'il y ait, parmi eux, des enseignants et des parents, c'était tout à fait normal. Mais je n'avais pas du tout envisagé les difficultés spécifiques des autres : toutes les professions exercées en plein air, les travailleurs postés, les pensionnaires des maisons de retraite... Et j'ai été impressionné ! Chacun me parlait de ses propres problèmes d'adaptation, et je découvrais brutalement qu'il ne s'agissait pas seulement, comme je l'avais cru, d'un problème d'enfants. »

Puisqu'il était le seul à dénoncer publiquement le décret de 75, et puisque ses titres et fonctions lui donnaient autorité pour en dénoncer les dangers, c'est vers lui que se sont tournés tous les isolés. Presque à son corps défendant, il s'est retrouvé en première ligne : « Ils terminaient tous leur lettre de la même manière, explique-t-il. Ils me disaient : " Nous devons nous organiser ! Créons une association ! Ensemble, nous y arriverons ! " J'ai un peu résisté. Et puis, j'ai fini par admettre qu'ils avaient raison, qu'il fallait que quelqu'un – quelqu'un qu'on écoute, et j'étais universitaire – les représente dans les médias, face aux pouvoirs publics. L'Association, régie par la loi de 1901, a finalement vu le jour en juin 1983, j'ai eu le malheur d'en accepter la présidence... Oui, je peux dire le " malheur ", si je considère le temps que je consacre à cette activité. Mais je n'avais pas le droit de refuser d'aller jusqu'au bout, puisque ma conviction de médecin est que l'heure d'été est néfaste pour des millions de Français ».

L'association compte aujourd'hui cinq mille adhérents cotisants, autant dire cinq mille militants actifs, bien décidés à se battre jusqu'au bout contre l'absurdité de « l'heure Giscard ». Leurs moyens de lutte ? Tous ceux d'une organisation désormais bien structurée. D'abord, ils ont repris leur plume pour exposer la situation à leurs élus, forts, cette fois, de leur union, enfin conscients de ne plus être tout à fait réduits au rôle du pot de terre contre le pot de fer. Et les élus ont répondu ! Oh, pas tous, bien sûr. Les maires des communes rurales sont montés les premiers au créneau et leurs signatures sont arrivées par centaines au siège de l'association (21, chemin de Toussaint – 33500 Libourne), pour atteindre aujourd'hui un nombre qui se situe au-delà de 2.000. Avec eux, 30.000 élus locaux, tous convaincus de l'urgence d'en finir. Avec eux encore, nous les avons déjà évoqués, des syndicats d'enseignants (comme le SNI-PEGC), les principales fédérations de parents d'élèves, des chambres d'agriculture, des fédérations d'exploitants agricoles, des médecins réunis en congrès, le Conseil régional de Bretagne, les Conseils généraux de Vendée, du Val d'Oise et des Pyrénées Atlantiques. S'agit-il encore vraiment d'un mouvement « marginal » ?

Enfin, le débat est ouvert. La presse reproduit maintenant abondamment – deux fois par an – les thèses des adversaires de l'heure d'été. A chaque printemps, au début de chaque automne, le sujet réapparaît dans les colonnes des quotidiens et des magazines : « Faut-il garder l'heure d'été ? » interroge le *Parisien Libéré*, avant de préciser : « Enfants, agriculteurs, malades, tout le monde trinque ». « Toujours la polémique après le retour à l'heure d'été », note

*Le Figaro* qui indique en sous-titre que « le corps a ses rythmes journaliers, mensuels et même annuels ». « Changer d'heure, quelle fatigue ! », insiste *Le Figaro-Madame*, tandis que *Jours de France* s'interroge à son tour : « Changement d'heure : comment passer le cap ? Le corps renacle, les enfants regimbent » ; *Sciences et Vie* se met de la partie à plusieurs reprises, en discutant le bien-fondé des économies d'énergie prétendument réalisées ; *L'Express* évoque, à travers le cas de Molène (Morbihan), les derniers irréductibles français : « Le confort du citadin est-il l'unique justification du changement d'horaire ? Les habitants d'une petite île au large de Brest connaissent la réponse ». Et, s'il m'est permis de me citer moi-même, *Sélection du Reader's Digest* m'ouvre ses colonnes pour une tribune libre intitulée déjà « Vive l'heure d'hiver ! »

On en parle, et c'est une première victoire. On en parle vraiment, alors que les premières allusions aux très réelles difficultés des agriculteurs, des enfants ou des malades se faisaient jusqu'alors sur un ton délibérément badin. Du genre : « De nombreux Français sont hostiles au changement d'horaire. Ils se sentent perturbés par la perte d'une heure de rêve : bonjour les états d'âme » (*Le Matin de Paris*). « La polémique ? Un faux problème ! » jurait une spécialiste, dans les mêmes colonnes. « Lorsqu'un enfant a des difficultés, c'est bien souvent une ambiance familiale qui est en cause. Si l'on est suffisamment ferme et décontracté pour supporter les petits inconvénients du début et imposer calmement un horaire de coucher, chambre plongée dans la pénombre, il n'y a pas de problème d'heure d'été ». La même admettait le fait « qu'environ 15 % des Français supportent mal le décalage ». Mais « ça se rééduque », concluait-elle. Sa profession ? Neurologue dans un hôpital parisien. Mais je ne peux m'empêcher de penser qu'elle a pu être victime d'une erreur d'aiguillage : quand on se mêle de vouloir « rééduquer » 15 % des 50 ou 55 millions d'habitants d'un pays (soit, si mes calculs sont bons, 7 ou 8 millions de personnes), et cela deux fois par an, sans apparemment se poser la moindre question sur l'utilité d'une telle gymnastique, eh bien, je me dis – mais cela n'engage que moi – que l'on est mûr pour aller exercer ses talents sous d'autres cieux, sous d'autres régimes, mais sûrement pas en France, le pays de la liberté. Serions-nous à ce point en voie de robotisation que l'on puisse nous asséner sans sourciller d'aussi stupéfiantes cuistreries ?

Exit la « spécialiste », place aux vraies questions. Car, grâce à la pression des membres de l'Association, on a bien fini par les poser, et jusque devant l'Assemblée nationale. Le 19 décembre 1986, le sujet est, en effet, à l'ordre du jour au Palais-Bourbon, au détour d'une question écrite posée par un député gagné à la cause abolitionniste : « M. René André appelle l'attention de M. le ministre de l'Industrie, des PTT et du Tourisme sur les inconvénients manifestes provoqués par le passage de l'heure d'été à l'heure d'hiver, et réciproquement. Ces effets sont évidents, tant sur les personnes que sur les animaux. Ils sont particulièrement ressentis par les agriculteurs. Cette mesure a été instaurée par les pouvoirs publics pour économiser l'énergie. La raison invoquée était peut-être justifiée à l'époque et la disposition en cause s'accompagnait, par ailleurs, d'autres mesures qui ont cessé d'exister depuis plusieurs années : réglementation de l'éclairage public et des commerces, diminution de la température dans les administrations et lieux publics, réduction des temps d'émission de la télévision. Donc, de toutes les mesures ayant été prises pour permettre des économies d'énergie, seules subsistent les modifications d'heure, dont l'utilité est fortement controversée, eu égard aux inconvénients réels qu'elles comportent. Il lui demande s'il n'envisage pas, en conséquence, de mettre fin à cette disposition ».

La réponse ? Oh, pas si vite, nous n'en sommes pas encore là. Il sera bien temps, tout à l'heure, de voir comment les différents gouvernements qui se sont succédés depuis 1976 ont tour à tour envoyé paître les « rétrogrades » que nous sommes. Pour l'Association, en tout cas, le pas qui vient d'être franchi est important, il constitue une sorte de légitimation de son combat, il ouvre la porte à d'autres moyens d'action. On agit donc par voie de pétitions : des formulaires circulent, qui recueillent des centaines de milliers de signatures. On organise des manifestations un peu plus spectaculaires comme, par exemple, l'envoi de cadeaux à François Mitterrand et Jacques Chirac en 1986, en pleine cohabitation : tous deux ont reçu un très joli cadran solaire... mais l'histoire a suffisamment prouvé que ces deux-là n'étaient pas faits pour vivre à la même heure, fût-elle naturelle. Qu'importe : « Que voulez-vous ? s'excuse le professeur Boris Sandler auprès de ses adhérents, dans la société médiatique où nous sommes plongés, nous devons susciter l'événement ». Alors, on tient des assemblées générales à Paris, on fait imprimer des autocollants (« Ne cherchez plus midi à 14 heures ! »), on réfléchit à des formes originales et, surtout, non-violentes de protestation, on diffuse des circulaires : « Vous désirez aussi, sans doute, faire mieux que râler. Voici quelques pistes qui ont déjà fait leurs preuves :

1°) Faites remplir le formulaire de pétition, dites bien qu'il y a déjà plus de 100.000 signataires.

2°) Demandez l'autocollant à votre délégué régional.

3°) Ecrivez à votre député, à votre conseiller général, à votre conseiller régional.

4°) Faites des adhérents, parlez de l'Association autour de vous, dans votre entreprise, dans votre association de parents d'élèves, dans votre syndicat... et au marché, chez votre coiffeur, dans la salle d'attente de votre médecin (et à votre médecin !).

5°) Ecrivez à votre maire en lui demandant de proposer à son conseil municipal l'abrogation de l'heure d'été : une lettre est à votre disposition. »

Et si toutes ces actions respectueuses, responsables, ne suffisent pas, alors entrons en résistance. Que les mamans commencent, de la maternelle aux petites classes, à conduire les enfants à l'école à la même heure (8 heures 30 en hiver, 9 heures 30 en été). Que les mères de famille qui travaillent prennent le relais s'il le faut. L'imagination, l'astuce, face aux pseudo-économies d'énergie. Puisqu'en France on a des idées...

Oui, on se mobilise, enfin ! L'Association entreprend des démarches tous azimuts : en direction des pouvoirs publics français, mais aussi auprès des instances européennes, puisque l'heure d'été déborde aujourd'hui largement du seul cadre hexagonal. Avec l'argent des cotisations, beaucoup de choses deviennent possibles. Des sondages sont commandés, qui confirment ce que l'on savait déjà : oui, les Français estiment que l'heure d'été provoque des troubles du sommeil, oui ils pensent que les agriculteurs sont incontestablement pénalisés. Souhaitent-ils, pour autant, le retour à l'heure d'hiver ? Oui... et non. D'après le sondage BVA de juin 1987, partisans et opposants sont en effet à égalité quand il s'agit d'apporter un propos spontané, positif ou négatif : 47 % dans chaque camp. Mais ils se déclarent néanmoins à 54 % favorables à la pousuite du système de l'heure d'été... tout en considérant à 56 % qu'elle est très gênante pour le sommeil des enfants (et à 47 % pour leur scolarité). D'autre part, dans un sondage officiel (SOFRES, avril 1987), une majorité relative (49 %) estime que l'heure d'été « n'améliore pas la qualité de la vie », faisant ainsi litière du deuxième grand argument technocratique (après les économies d'énergie). Plus récemment encore, en mars 1988, on a pu voir, enfin, que les Français favorables au maintien de l'heure d'été n'étaient plus que 46,5 % (Enquête Eurobaromètre). Combien de suffrages, en revanche, pour l'abandon du système ? 47,9 % ! Si l'on accorde une quelconque valeur aux sondages, cela signifie tout de même que plus de 25 millions de nos concitoyens désapprouvent – majoritairement – le décret de septembre 1975. Une réussite !

On écrit donc au Président de la République, on lui expose les données du problème, on en appelle à son bon sens: « Vous êtes à l'écoute des difficultés des citoyens. Par goût et par nécessité, vous représentez les aspirations de tous. De par les fonctions que vous exercez – ou que vous avez exercées – vous connaissez bien les relais d'opinion que représentent les Conseils municipaux, les Parlementaires, les Chambres d'Agriculture: savez-vous, par exemple, que plus de 2 000 communes de notre pays ont demandé solennellement l'abrogation de l'heure d'été, que des parlementaires de tous les groupes nous ont fait part, au-delà des divergences politiques, de leur appui, que des Chambres d'Agriculture délibèrent dans le même sens ? » Cette lettre-là, adressée à François Mitterrand par le professeur Sandler, accompagnait un passionnant document établi par l'Association et intitulé: « 1976-1987 – Le dossier noir de l'heure d'été ». Un implacable bilan, en fait, étayé par une foule de témoignages, et renforcé par quelques étonnantes études scientifiques. Le saviez-vous ? L'heure d'été est également facteur d'aggravation de la pollution.

# CHAPITRE 6

## HEURE D'ÉTÉ ET POLLUTION

Comme si le tableau n'était pas assez noir, on a fini par découvrir de nouvelles incidences de l'heure d'été sur la santé de l'homme, dans un domaine où, à vrai dire, on ne les attendait guère. Que nos organismes puissent directement souffrir du décalage imposé par les horloges officielles, cela se conçoit. Que des « chronoruptures », comme les appelle le professeur Sandler, puissent provoquer des « chronofatigues » en déréglant nos rythmes biologiques, cela a pu être démontré. Mais qu'à tout cela s'ajoute un accroissement de la pollution directement induit par le changement d'horaire du printemps est beaucoup plus inattendu. C'est pourtant bien ce qui se passe.

L'explication est d'ailleurs toute bête. Elle part du simple constat que le décalage horaire déplace inévitablement les heures de pointe (heure solaire) de la circulation. A peu près partout en France, on le sait, c'est entre 17 et 18 heures, au moment de la sortie des écoles, des bureaux, des administrations, que s'écoulent dans les villes les flots les plus importants de véhicules. Des dizaines de milliers de moteurs à explosion rejettent en même temps des centaines de milliers de mètres-cubes de gaz d'échappement, augmentant dans d'inquiétantes proportions les taux d'oxyde de carbone, oxydes d'azote et hydrocarbures imbrûlés des atmosphères urbaines. Or, cette heure de pointe se situe, en été, entre 15 et 16 heures au soleil : c'est à dire à l'heure, précisément, où les rayons ultra-violets sont le plus puissants. Que pensez-vous qu'il s'ensuit ? Eh bien, on assiste, par réaction photochimique, à la production d'une quantité non négligeable d'ozone. L'ozone, c'est très bien : à 40 kilomètres d'altitude... C'est ce qui nous protège des rayons ultra-violets, responsables, entre autres, du développement de cancers de la peau. Mais, au niveau du sol, rien ne va plus : c'est bel et bien un poison qui dégrade les matériaux, peut entraîner des troubles pulmonaires et qui entre, surtout, dans la composition des sinistres « pluies acides », responsables du dépérissement de certaines forêts d'Europe...

L'hypothèse a d'abord été émise par Eléonore Gabarain-Moreau, ingénieur agronome et actuellement vice-présidente de l'Association contre l'horaire d'été. C'est elle qui, la première, a tiré la sonnette d'alarme, provoquant sans doute quelques sourires ici et là : en ville, du côté des ministères, ils ont bien dû mettre tout ça sur le compte d'une petite poussée de paranoïa. « Voilà bien autre chose, maintenant ! Qu'est-ce qu'ils ne vont pas chercher ! ». Il ne s'agissait pourtant pas d'une aimable plaisanterie, comme on a pu s'en rendre compte lorsque Mme Gabarain-Moreau a rédigé en novembre 1984 un mémoire intitulé : « Dépérissement des forêts en Europe – Impact de l'horaire d'été sur l'aggravation des dommages en liaison avec l'avancement des pointes de circulation par rapport à l'heure solaire depuis 1976 ». Car 1976 est bien, pour elle l'année-clé, celle où le dépérissement s'est considérablement aggravé , même si le phénomène est apparu au début des années 70. « La plupart des chercheurs, écrit-elle en introduction, donnent de plus en plus d'importance à l'action des polluants sur les parties aériennes de la végétation. Parmi ces polluants, les photo-oxydants, seuls ou en association avec les acidifiants, ont été mis en évidence par les chercheurs des USA et de la RFA ». Or, « ces photo-oxydants (ozone, P.A.N. ou nitrate de péroxyacétyle) se forment par l'action des rayons ultra-violets sur les oxydes d'azote et les hydrocarbures imbrûlés émis par les véhicules à moteur, surtout pendant les périodes ensoleillées de l'été». De plus, «la formation photochimique de l'ozone nécessite plusieurs heures d'ensoleillement pour atteindre un maximum».

Mme Gabarain-Moreau a donc remarqué une rapide dégradation de la situation à partir de 1976, et plus encore de 1982, époque vers laquelle «l'épicéa se montre atteint de manière "soudaine et inattendue", alors que précisément on considérait qu'il était jusqu'alors en bonne santé et en croissance normale». L'année 1976 avait connu une sécheresse peu habituelle... mais on peut, on doit se demander s'il n'y avait pas eu d'autres événements susceptibles d'aggraver la pollution de l'air de ces années-là, en dehors de l'augmentation progressive du trafic automobile. Or, l'introduction de l'heure d'été est un événement brusque, étendu en quelques années à toute l'Europe, et, surtout, un événement de nature à aggraver les pollutions photo-chimiques. En effet, l'avancement de l'heure entraîne l'avancement de la circulation et des autres activités humaines. Les gaz émis en conséquence sont alors globalement plus importants à l'intérieur de la matinée naturelle, plus précisément dans la période comprise entre le début des activités et midi solaire (bien que le total des polluants émis soit sensiblement le même pour l'ensemble des 24 heures de la journée!). En conséquence, les rayons ultraviolets, intenses surtout au milieu du jour naturel, vont former davantage de produits photo-oxydants nocifs à partir de ces gaz d'émission alors présents dans l'atmosphère, auxquels s'ajouteront les gaz émis pendant l'après-midi naturel, jusqu'au déclin du soleil. Et Mme Gabarain-Moreau ne s'en tient pas aux considérations d'ordre général. Ce qu'elle avance, elle le justifie, formules chimiques et courbes de niveaux à l'appui. Et elle conclut: «Le retour à l'heure d'hiver tout au long de l'année ne peut que diminuer la production des photo-oxydants. L'effet de cette mesure serait appréciable et immédiat».

Evidemment, quelle que soit l'autorité que lui confèrent ses titres et diplômes, Eléonore Gabarain-Moreau pouvait être attaquée sur un point : ingénieur agronome, mais également vice-présidente de l'Association contre l'horaire d'été, n'était-elle pas tout à la fois juge et partie dans ce débat? C'est ce qu'on a essayé de lui opposer, tout à fait injustement d'ailleurs, puisqu'elle n'appartenait pas à l'Association à l'époque où elle a élaboré son premier mémoire. En fait, à ce moment, elle était uniquement chargée du dossier des «Pluies acides» au sein des «Amis de la

Terre », ayant déjà réalisé divers documents et une exposition sur ce thème. Mais peu importe : l'idée a fait son chemin, elle a inspiré à Jean Valroff, député des Vosges (département particulièrement concerné par le développement des pluies acides) un rapport destiné au Premier ministre, transmis ensuite au ministère de l'Environnement (en l'occurrence, Huguette Bouchardeau). Chez les technocrates, on a continué d'en sourire. Et puis... Et puis, l'Agence pour la Qualité de l'Air (AQA), Etablissement public de l'Etat s'il vous plaît, s'est penchée sur la question. Avec toute la rigueur indispensable à ce genre d'étude. Et qu'en a-t-elle conclu ? Lisez vous-même. Voici le texte du communiqué de presse qu'elle a diffusé le 24 septembre 1986 :

« Le 28 septembre à 3 heures du matin, la France changera d'heure en passant du régime de l'heure d'été au régime de l'heure d'hiver. L'Agence pour la Qualité de l'Air rappelle à cette occasion que le régime de l'heure d'été adopté en France comme dans d'autres pays européens par souci d'économie d'énergie, semble aggraver dans certaines circonstances la pollution atmosphérique. Une étude récente confiée par l'Agence pour la Qualité de l'Air au Laboratoire de cinétique et de chimie de la combustion de l'Université de Lille a montré, en effet, que le régime de l'heure d'été peut augmenter la teneur dans l'air de certains polluants tels que l'ozone et le Péroxy-Acétyl-Nitrate (le P.A.N.), polluants qui sont des irritants respiratoires à fortes concentrations et contribuent aux pluies acides. Ce phénomène provient du fait que l'ozone et le P.A.N. sont des substances qui se forment par réactions chimiques entre les oxydes d'azote et les hydrocarbures émis par les activités humaines, et que ces réactions sont d'autant plus rapides que l'ensoleillement est plus fort. Le rythme des activités humaines et, par voie de conséquence, les émissions de polluants à l'atmosphère dépendent de l'heure légale et, en régime d'heure d'été, l'heure légale est avancée de deux heures par rapport à l'heure solaire (contre une heure en régime d'hiver). Le régime de l'heure d'été se traduit donc aux heures de forts rejets d'hydrocarbures et d'oxydes d'azote en milieu et en fin d'après-midi, notamment pendant les heures de pointe de circulation, par un ensoleillement plus important qu'en heure d'hiver, ce qui favorise la formation des polluants photochimiques: ozone et P.A.N. »

Je vous épargnerai les détails de l'impressionnante étude (due à J.-C. Dechaux, P. Coddeville et V. Zimmermann) qui a permis d'aboutir à ces conclusions: il faut être un tout petit peu versé dans les gaîtés de la pollution photo-oxydante pour y trouver son bonheur. Mais on y découvre cependant, en dehors des formules chimiques qui établissent la réalité du phénomène, un certain nombre d'informations parfaitement accessibles aux non-scientifiques. Celle-ci, par exemple : « Dans les cas envisagés, le passage de l'heure d'hiver à l'heure d'été entraîne une augmentation de la concentration maximale en ozone se produisant en début d'après-midi qui est de l'ordre de 10 % . Pour le P.A.N., ces mêmes augmentations de concentration sont plus élevées (15 % à Roubaix et 18 % à Paris) ». Ou encore celle-ci, qui n'est pas la plus rassurante : « Il faut noter que le trafic automobile ne représente qu'une petite moitié des rejets d'oxydes d'azote, et un tiers des rejets d'hydrocarbures imbrûlés ». Ici intervient une deuxième étude, de J.-C. Dechaux, qui prend en compte dans les calculs le total des émissions industrielles et automobiles pour conclure que l'heure d'été aggrave de manière comparable la pollution photo-chimique résultant de la totalité de ces sources. Cela ouvre d'assez vertigineux horizons. Non, décidément, il n'était pas franchement nécessaire d'aggraver la situation en instaurant l'heure d'été. Et que l'on ne vienne pas plaider les circonstances atténuantes, que l'on n'invoque pas une fois de plus l'argument selon lequel « toute activité humaine comporte une part de risque». Qu'on ne nous dise pas, par pitié, que certaines incidences de décisions par ailleurs «justifiées» sont parfaitement imprévisibles. La justification, nous l'attendons toujours. Et, encore une fois, gouverner c'est prévoir, Messieurs les ministres, Messieurs les tenants de l'innovation et du gadget, Messieurs les parlementaires.

L'heure d'été aggrave la pollution atmosphérique? Et vous n'en saviez rien? Et le fait de l'apprendre enfin ne vous a pas fait changer d'avis? Cette dernière conséquence du changement d'horaire aurait pourtant dû suffire à faire abroger le décret de 1975, et il n'est pas besoin d'être militant écologiste pour en être convaincu. Vous avez voulu changer notre temps; vous avez, au passage, pourri un peu plus encore l'air que nous respirons, et vous portez désormais une part de responsabilité dans l'aggravation du processus de dépérissement de nos forêts, sans même parler de la corrosion des matériaux, les métaux notamment, ou les marbres de nos monuments. Mais vous devriez être traînés devant les tribunaux! Vous auriez déjà mérité d'être poursuivis pour troubles de jouissance, incitation au tapage nocturne, mauvais traitements à enfants, non-assistance à personnes en danger! Et encore pour propagation de fausses nouvelles (les prétendues économies d'énergie!), atteinte aux droits de l'homme, entraves à la productivité (les entreprises agricoles en savent quelque chose)! Maintenant, vous voilà pollueurs. Non seulement ça ne vous empêche pas de dormir, mais, de plus, vous persistez, susurrant ici et là, avec toute la suffisance qu'on vous connaît, que vous seuls êtes aptes à juger ce qui est bon pour nous! Bon sang! Voici deux siècles, nombre de sans-culottes ont pris la Bastille pour moins que ça!

# CHAPITRE 7

# HEURE D'ÉTÉ ET EUROPE

Quand l'heure d'été nous est tombée sur la tête, j'ai éprouvé, je l'avoue, le sentiment brutal d'appartenir au peuple le plus bête du monde. J'étais sûr d'une chose, au moins : cette idée-là, personne ne nous la disputerait. Nous nous la garderions bien à nous, nous la peaufinerions, nous la pousserions jusqu'à ses limites. Et puis, la réalité finirait bien par s'imposer, et nous la rejetterions. Oui, je pensais naïvement qu'il était impossible qu'une décision aussi aberrante puisse avoir un quelconque avenir. On s'apercevrait forcément de son absurdité avant de lui laisser le temps d'accomplir de véritables dégats. Après tout, ce ne serait pas la première fois qu'un fiasco amènerait la technocratie à faire marche arrière. Ce n'était donc qu'une question de temps : j'étais confiant malgré tout, on finirait bien par remettre les pendules à l'heure, au propre et au figuré.

Bon, j'ai eu tort. J'ai péché par optimisme.

Car, non seulement l'heure d'été a régulièrement été reconduite d'une année sur l'autre depuis 1976, mais, de plus, elle a « fait des petits ». Les « petites voix », dont je parlais tout à l'heure, celles de tous les lésés qui râlaient dans leur coin, se sont malheureusement fait entendre beaucoup trop tard. En 1976, chaque fois que l'on a abordé le sujet dans les médias, c'était pour vanter les mérites du décret de 1975. On se réjouissait « partout » de cette importante avancée en matière de qualité de la vie, on se félicitait de l'ingéniosité de nos dirigeants, capables de nous économiser 300.000 tonnes de pétrole d'un coup de baguette magique. C'est vrai, reconnaissons-le, les commentaires ont été unanimes. Mais d'où venaient-ils, ces commentaires ? De Paris ! Jamais des fermes de Bretagne ou de Corrèze ! Ce sont les journalistes qui, les premiers, ont donné leur avis, et ils ont, bien sûr, prêché pour leur paroisse. Ils en redemandaient, eux, des longues soirées d'été. Le rythme naturel, l'heure solaire ? Mais ils n'ont jamais su ce que c'était. Et si quelqu'un leur en a parlé, ils ont probablement estimé, à l'époque, qu'il s'agissait d'une vue de l'esprit, d'une revendication d'écolos en peaux de chèvres.

Comment vouliez-vous que tout cela ne fasse pas son chemin ? « Vive l'heure d'été, vivent les économies d'énergie, vive Giscard, et vive l'infinie sagesse de ses conseillers ! » Tu parles ! Mais ça a marché. Et au-delà de toutes les espérances ! Dès 1977, la France n'est plus seule à tricher avec le soleil : la Belgique, le Luxembourg et les Pays-Bas nous rejoignent en bloc. L'Allemagne de l'Ouest va s'y mettre à son tour en 1980. L'Allemagne de l'Est, la Grèce, l'Espagne, la Pologne et la Suisse suivront en 1981. La mesure fait tache d'huile (ou la gangrène se répand, c'est comme on veut) et toute l'Europe, y compris l'URSS, profite bientôt de notre invention. Il faut « unifier », il faut « harmoniser », il faut que tout le monde s'aligne. En bref, nigauds de tous pays, unissez-vous. Et tout le monde joue, effectivement, à ce nouveau sport européen, même la Grande-Bretagne et l'Irlande qui, pourtant, pionnières en matière de changement d'heure dans les années 20, se montraient cette fois franchement réticentes.

En 1983, c'est l'unanimité, franche et massive, sur tout le continent européen, de l'Espagne aux pays de l'Est, de la Grèce aux Iles britanniques. Ils ont gagné, nous avons perdu : ils ont fini par imposer partout leur tricherie, et même là où le peuple appelé à s'exprimer s'était prononcé contre le changement d'horaire. L'exemple suisse en est une illustration tout à fait remarquable.

La constitution hélvétique est ainsi faite qu'elle permet la consultation fréquente des citoyens. Pour déclencher un référendum en matière législative, il suffit par exemple que 50.000 citoyens actifs, ou 8 gouvernements de cantons, demandent par pétition un vote populaire. Dans le domaine règlementaire, quand le projet est controversé, on organise une « votation ». C'est exactement ce qui s'est passé lorsqu'il a été question de dérégler le légendaire fonctionnement des horloges suisses pour les mettre au nouveau goût du jour européen. Avancer les pendules d'une heure en été ? Et pourquoi pas abandonner le lait et le cacao au profit de la moutarde pour fabriquer le chocolat ? Et pourquoi pas... lever le secret bancaire, dévaluer le franc, renoncer à la neutralité, rapatrier les Gardes et leurs hallebardes et déclarer la guerre au Vatican ? C'est forcément ce qu'ils ont pensé ! A Genève ou à Zurich, on n'a jamais plaisanté avec l'heure. C'est une question de tradition autant que de bon sens. Il y a donc eu un joli tollé quand le sujet a été évoqué. Les protestations se sont accumulées jusqu'à l'organisation de la votation, dont le résultat ne faisait guère de doute : ce n'était pas parce que Paris, puis la Communauté européenne, puis tout le continent faisaient fausse route qu'on allait tout benoîtement leur emboîter le pas. On allait voir ce qu'on allait voir. On a vu...

Que s'est-il passé ? Au dépouillement, le verdict était clair : « Non au changement d'horaire, non à l'alignement». Mais, pour une fois au moins dans l'histoire de la Confédération, le pouvoir fédéral a décidé de passer outre à la volonté de ses citoyens, et d'imposer à son tour l'heure d'été. Les raisons invoquées? «Impossible de constituer un îlot horaire isolé, de rester en décalage par rapport à tous nos voisins européens, en particulier par rapport à la RFA». Impossible, à cause des échanges commerciaux, en effet. Et également à cause des échanges tout court avec la France, l'Italie, et même l'Autriche, qui fournissent d'ailleurs quotidiennement leurs contingents de travailleurs frontaliers. Cette fois encore, en Suisse comme en France, on a donc sacrifié les intérêts particuliers au nom d'un «intérêt supérieur». Tant pis pour les protestataires, et tant pis pour l'arbitrage des urnes, tant pis pour les agriculteurs suisses, pour les enfants suisses, pour les malades suisses. Comme en France, une association a vu le jour, sous l'égide d'un banquier de Zurich, Kurt Schaad, pour exiger l'application de la volonté populaire et l'annulation de ce tour de passe-passe. Mais, *volens nolens,* force est restée à la loi. Et les cantons ont déréglé leurs pendules. Et les villages ont dû suivre. Tous... sauf un! Car il existe, en effet, au moins une commune dont les habitants ont refusé d'abdiquer. Nous verrons tout à l'heure comment ils s'y sont pris, quelque part en montagne, en plein pays vaudois.

Mais finissons-en d'abord avec cette instauration continentale de l'heure d'été. En 1984, le consensus est si parfait au niveau des Etats que le Parlement du Conseil de l'Europe adopte une résolution pour fixer les dates auxquelles les pays membres changeront ensemble d'horaire. Désormais, tout est dit : un pas en avant au printemps, un pas en arrière à l'automne, et silence dans les rangs ! En France, où la mesure est définitivement légitimée, on pourra donc lire, le 28 février 1986, le texte suivant dans les colonnes du Journal Officiel :

« Arrêté du 20 février 1986 portant fixation de la période d'heure d'été en 1986, 1987, 1988.

« Le ministre du Redéploiement industriel et du Commerce extérieur et le ministre de l'Urbanisme, du Logement et des Transports,

« Vu le décret n o 78-855 du 9 août 1978 relatif à l'heure légale française,

« Vu le décret n o 79-896 du 17 octobre 1979 fixant l'heure légale française,

« Arrêtent :

« Art. 1er. – Conformément aux dispositions de la 3e directive du Conseil des Communautés européennes en date du 12 décembre 1984, la période d'heure d'été des années 1986, 1987 et 1988, dans les départements métropolitains de la République française, commence à 2 heures le dernier dimanche de mars, soit le 30 mars 1986, le 29 mars 1987 et le 27 mars 1988, et prend fin à 3 heures le dernier dimanche de septembre, soit le 28 septembre 1986, le 27 septembre 1987 et le 25 septembre 1988 »...

Trois ans ! On en a pris d'un coup pour trois ans, et cela ne s'est pas fait à la sauvette, mais « conformément à la 3e directive du Conseil des Communautés européennes ». Et c'est très différent, on s'en apercevra tout à l'heure, au moment d'examiner les réponses des politiques aux protestations de l'Association du professeur Sandler.

On a le droit de rester confondu par la décision de la Commission européenne, qui n'a en fin de compte justifié son attitude que par un seul argument : il s'agirait, selon elle, d'une « manifestation symbolique d'unité ». Vous avez dit unité ? Unité dans la bêtise, car parlons-en, de l'unité : de qui, de quoi ? Des agriculteurs et des technocrates, sûrement pas ! Cela se saurait ! Et puis, on a oublié que tous les pays d'Europe n'étaient pas tout à fait égaux devant l'heure d'été, puisque tous ne se situent pas dans le même fuseau. En France, où nous détenions déjà le discutable privilège de vivre à une heure légale en avance de soixante minutes sur l'heure solaire, l'heure d'été qui nous décale désormais de deux heures nous pénalise en effet beaucoup plus sérieusement que nos voisins les plus à l'est. Nous ne sommes pas tout à fait seuls, c'est vrai : nous partageons avec l'Espagne et les trois pays du Bénélux l'avantage de vivre, du printemps à l'automne, à l'heure réelle du fuseau de... Moscou. Surprenant, non ? En revanche, l'Allemagne fédérale, l'Italie, la Suisse, l'Autriche, ou même l'Irlande et la Grande-Bretagne, qui vivent en hiver à l'heure réelle de leur méridien, c'est à dire à l'heure solaire, ne se retrouvent décalés que de de 60 minutes, et non de 120. Plus concrètement – et puisqu'il ne peut pas être exactement la même heure au soleil à un moment donné sur tout le territoire d'un même pays – la Grande-Bretagne connaîtra, en son point le plus occidental (les îles Scilly), une avance maxima de 92 minutes sur son heure réelle en été, alors que le décalage pourra atteindre 139 minutes en France à Ouessant et 162 minutes en Espagne au Cap Finisterre.

Comment comprendre que les Espagnols ne se soient pas plus violemment opposés à leur heure d'été ? C'est probablement dû à une autre grille horaire d'emploi du temps : le travail, souvent concentré dans une longue matinée (8 heures à 15 heures, heure légale) autorise généralement une sieste après le déjeûner tardif... des adultes. Car l'Association française sait parfaitement que les professeurs espagnols ont remarqué chez leurs élèves une fatigue et une inattention accrues en période d'heure d'été ! Mais les Belges, quant à eux, n'ont guère apprécié cette « histoire française » dans laquelle ils ne sont plus seuls, une fois n'est pas coutume, à occuper le mauvais rôle. Et ils ont, eux aussi, créé une association qui se bat contre la manipulation du temps, avec un président du nom de Luyckx, qui habite à Chenee.

C'est au nom de « l'unité » que l'Europe a voulu uniformiser son heure d'été. La belle affaire ! Mais en quoi le fait d'imposer une heure légale identique de Brest à Berlin pourrait-il aider les Bretons et les Allemands à se sentir plus unis, plus européens ? Aux Etats-Unis, comme en URSS, il existe également une heure d'été. Ce sont même les Américains qui, les premiers, ont imaginé de se décaler par rapport au soleil : cela se passait au Texas, en 1870, et il était question, déjà, d'économiser le pétrole. L'or noir, en effet, ne coulait pas encore tout à fait à flots, et le gouvernement de l'Etat avait inventé ce système pour réduire les dépenses d'éclairage. Beaucoup plus tard, en 1972, c'est encore l'Amérique qui a pris les devants pour réagir aux chocs pétroliers. Mais si les pendules y ont effectivement été avancées de 60 minutes à partir de cette année-là, c'était sur la base d'une heure d'hiver calée sur le soleil. Et il n'a pas été question de léser l'un quelconque des Etats de la Fédération dans un souci « d'harmonie » ou « d'unité ». Aucun ne s'est soudain retrouvé en avance de deux heures sur son heure réelle. Les New-Yorkais, qui comptent quatre heures de décalage avec les Californiens, se sentent-ils pour autant moins « unis » avec ces derniers. Les Soviétiques, qui ont cependant réussi à imposer bien d'autres choses, ont-ils jamais été tentés de décréter que l'Ukraine ou le Caucase vivraient désormais à l'heure du Kamtchatka ? Il y a quatre horaires différents aux Etats-Unis (Eastern, Central, Mountain et Pacific), et pas moins de onze fuseaux en Union Soviétique. Mais ni l'économie capitaliste ni l'économie communiste n'ont jugé utile à leur survie « d'harmoniser » les horaires légaux de leurs territoires. Si cela avait pu être financièrement intéressant, les Américains y auraient peut-être songé. Si cela avait été politiquement efficace, ou indispensable au « bonheur des peuples » tel qu'on le conçoit du côté du Kremlin, les Russes auraient sans doute été prêts à envoyer dans leurs hôpitaux psychiatriques, pour les rééduquer, ceux qui auraient refusé de faire les foins à 4 heures du matin ou de se coucher bien sagement au lever du jour. Constatons simplement qu'ils ne l'ont pas fait, et qu'il doit bien y avoir une raison à cela. Et remarquons au passage qu'ils sont tout de même, sur ce plan-là au moins, beaucoup moins stupides que nous.

« Unité de l'Europe » ou pas, l'heure d'été entraîne partout les mêmes désagréments, provoque partout les mêmes nuisances en voulant plier l'homme à des rythmes qui ne lui sont pas naturels. Les Français protestent, les Belges protestent, les Suisses protestent. Qu'attendent les autres, en Allemagne notamment, où les écologistes semblent prendre tout à fait au sérieux l'incidence de l'heure d'été sur les pluies acides qui ravagent leurs forêts ? Puisque le changement d'horaire est devenu un phénomène européen, la protestation finira bien, elle aussi, par faire tache d'huile.

## CHAPITRE 8

## LES DERNIERS IRRÉDUCTIBLES

« A laver la tête d'un âne, on perd sa lessive ». C'est ce qu'ils disent, en tout cas, tout au bout du canton de Vaud, du côté du col des Mosses. Il s'agit en fait d'un proverbe suisse, affiché en bonne place, parmi d'autres, au bureau de police de la « Maison de Commune » du Sepey, l'un des six villages que compte Ormont-Dessous. Laver la tête d'un âne? C'est, par exemple, essayer de convaincre un imbécile: on risque bien, en effet, d'y « perdre sa lessive ». Vous avez raison, c'est de la bonne grosse sagesse villageoise, comme dans cet autre proverbe relevé au même endroit: « Plus on ouvre de portes, plus il faut en fermer ». Mais tout cela donne déjà une idée de ce qu'est cette région, de ce que sont ses habitants: des montagnards, comme on n'en trouve plus guère qu'en Suisse, accrochés à leurs habitudes, à leurs certitudes, à leur tranquillité surtout. Et ceux-là n'ont pas apprécié, mais alors pas du tout, qu'on prétende les forcer à se mettre à l'heure de l'Europe.

Car c'est là qu'ils vivent, les derniers irréductibles, définitivement réfractaires à l'heure d'été. Oh, ils ne sont pas des milliers : une centaine, peut-être. Et ils ne font pas beaucoup de bruit, même si la télévision helvétique manque rarement l'occasion de venir les interroger au moment des changements horaires. Ils ne manifestent pas, ils n'écrivent plus, ils ne se mettent même pas vraiment en colère : simplement, ils refusent. D'un bout de l'année à l'autre, en effet, eux vivent à la même heure, sans se soucier le moins du monde de ce qui peut se passer ailleurs, en bas de leurs montagnes, et à plus forte raison à l'étranger. Ils sont chez eux, aussi sûrs qu'on peut l'être d'avoir raison contre le monde entier, tout prêts à déterrer l'arbalète de Guillaume Tell si vraiment on se mettait dans la tête de les contraindre à pratiquer la nouvelle religion horaire. Et cela fait maintenant huit ans qu'ils tiennent bon.

Leur fief, c'est La Forclaz, un autre des six villages d'Ormont-Dessous, et le plus beau sans doute. C'est un véritable rêve pour touriste américain, une Suisse de carte postale, à 1.350 mètres d'altitude : des chalets de bois, bien sûr, dont le plus récent n'a pas moins de cent ans, et le plus ancien un peu plus de trois siècles, comme en attestent les inscriptions soigneusement entretenues qui les ornent. Bleu le ciel, verts les alpages... Et, partout, un silence serein, à peine rompu de loin en loin par le tintinnabulement des cloches des vaches. Non, décidément, ces gens-là n'avaient pas besoin que l'on vienne déranger le rythme naturel de leur vie...

Comment tout cela est-il arrivé ? Pas tout à fait aussi brutalement que chez nous, à vrai dire. En Suisse, nous l'avons vu, on a assez longtemps tergiversé avant de se lancer dans la discutable aventure, puisque c'est le 29 mars 1981, quatre ans après la France, que l'horaire d'été y a été instauré. Et, au moins, il y avait eu un commencement de débat. La lecture de l'édition du 24 mars 1981 du *Messager des Alpes* est, à cet égard, tout à fait instructive: « L'an dernier, écrivait alors ce journal, mars venu, notre pays s'était isolé en ilôt horaire, les pays européens, qu'ils soient membres du Marché Commun ou de l'Association européenne de libre échange, ayant pris les mesures pour se mettre le même jour à l'heure d'été et reprendre l'horaire hivernal à la même date. Tout seul, notre pays digérait les conséquences d'un référendum lancé par les paysans zurichois contre l'heure d'été. Le 28 mai 1978, le peuple suisse avait dit non à l'heure d'été, surtout, semble-t-il, parce que l'Allemagne ne s'y était pas encore mise. Le refus était prononcé du bout des lèvres, puisque l'on notait tout de même 47,9 % de oui. Neuchatel, Vaud, Genève et le Tessin, cantons frontaliers, avaient approuvé la modification horaire ».

Il s'agit là de la fameuse votation, déjà évoquée, par laquelle le peuple souverain avait donc dit non à la modification horaire. Normalement, le problème était réglé, quoi qu'ait pu en penser l'auteur de l'article du *Messager des Alpes*, qui ne porte apparemment pas les « paysans zurichois » dans son cœur, et pour qui 52,1 % de non ne semblent pas constituer une majorité suffisamment nette. Mais il y eut, malheureusement, un second « round ». Le même journal l'explique : « Considérant le ralliement de l'Allemagne et de l'Autriche à l'heure d'été comme un événement de taille à modifier l'opinion helvétique à cet égard, le 14 novembre 1979, le Conseil Fédéral publie son deuxième projet. Celui-ci est accepté par les Chambres (36 voix contre 3 au Conseil des Etats, et 117 voix contre 30 au Conseil National). Et le Département des Finances peut, en conséquence, annoncer que la Suisse introduira elle aussi l'heure d'été le dimanche 29 mars 1981 ». Le *Messager*, pour sa part, s'en réjouit sans réserve : « Supprimés, les problèmes horaires pour le trafic frontalier, les points de passages douaniers, la correspondance du trafic international ferroviaire, routier ou aérien. Plus d'inconvénients dans toutes les relations commerciales, financières et industrielles avec l'étranger! Midi restera 12 heures sur toutes les ondes européennes. Les salariés ne devront plus se forcer à dormir alors que brille déjà le soleil et pourront vivre une heure de luminosité naturelle supplémentaire au retour de leur travail. Une heure de nature en plus! Telles sont les conséquences principales de la décision du Conseil Fédéral. Quant aux paysans, il n'est pas certain qu'ils aient davantage de peine à s'adapter à l'heure d'été que leurs voisins français, pour lesquels c'est devenu une simple formalité. Expériences faites à l'étranger, la pratique s'est révélée positive partout. On ne voit vraiment pas pourquoi les Suisses n'en profiteraient pas à leur tour ».

Voilà comment on aide à manipuler une opinion réticente : en assénant tout tranquillement quelques solides contre-vérités, en tentant de faire honte au brave paysan suisse confronté à la modernité du paysan français. Une « simple formalité » vraiment ? Nous avons vu ce qu'il en était ! Quant aux salariés qui ne devront plus « se forcer à dormir alors que brille déjà le soleil »... L'argument est pour le moins inattendu !

A La Forclaz, pourtant, personne n'a ri. Toute cette histoire, c'était un peu comme si le ciel leur tombait sur la tête : ils n'allaient tout de même pas se mettre à singer les Genevois, à aller « faire les beaux en ville », le soir, à l'heure où le soleil brille encore si haut et fort ! Ils en ont beaucoup parlé, accoudés par groupes aux balcons des chalets ou bien dans l'unique bistrot du village. Ils ont unanimement signé la pétition que « ceux de Zurich » leur avaient fait parvenir. Et puis, ils s'en sont retournés travailler. Comme avant. Sans rien changer à leurs habitudes...

« La première année, à La Forclaz, seul le bistrot et la laiterie se sont mis à l'heure d'été, dit avec un grand sourire le secrétaire de la Maison de Communes du Sepey. Les autres, tous les autres ont continué leur train-train exactement comme s'il ne s'était rien passé. Même l'église affichait toujours l'heure d'hiver. Seulement, ils ont assez vite déchanté: ils ne pouvaient pas tous rester complètement en marge. Pour les horaires de la poste, ils pouvaient toujours s'arranger, mais pour ceux qui devaient porter leur lait, c'était un vrai problème... Et puis, c'est qu'il y en a aussi qui ont des enfants, là-haut. Et l'école, elle est ici, au Sepey... où, nous, nous avons tout de suite mis nos montres à la nouvelle heure.

Alors, certains ont abdiqué. Quelques-uns : les plus jeunes. Les anciens, eux, ont résolument campé sur leurs positions, suivis par tous ceux qui, comme Claudy Pittex, le charpentier, n'avaient aucune raison impérieuse de se plier à un changement qui bouleversait leurs conditions de travail. Dans un village comme La Forclaz, dont toute l'activité tourne autour de la laiterie, il existait un moyen, un seul, pour neutraliser les effets de la décision du Conseil Fédéral. Et ils n'ont pas été longs à le trouver : il suffisait finalement que la laiterie décale ses horaires de soixante minutes, chaque année du mois de mars au mois de septembre ! C'était imparable !

Ce qui fut dit fut fait. Et, depuis le printemps 1982, régulièrement, la petite laiterie de La Forclaz recule ses horaires en été, pour permettre à ses fournisseurs d'effectuer leur « coulage » à la même heure solaire, d'un bout à l'autre de l'année. En hiver, on y « coule » le lait, le matin, entre 7 heures 45 et 8 heures, et le soir entre 19 heures et 19 heures 30. En été, c'est entre 8 heures 45 et 9 heures, et entre 20 heures et 20 heures 30 que cela se passe. Aussi simple que l'œuf de Colomb ! Et les vaches, au moins, n'y voient que du feu : leur heure de traite ne varie plus d'un iota.

Perché tout en haut du village, un peu à l'écart, René Perrod n'est vraiment pas mécontent de cette solution. « Avant, dit-il, ça nous faisait une vie infernale. Le soir, il fallait rentrer les vaches pour les traire alors qu'il faisait encore grand soleil. Puis on les ressortait, parce qu'elles n'avaient pas assez pris. Et il fallait encore les re-rentrer, les re-traire. En plus, moi je fais partie de la fanfare, ici. Et les répétitions, le soir, c'est à 8 heures et demi : mais ça nous faisait 7 heures et demi, c'est à dire qu'il y avait encore du travail à faire. On ne pouvait pas être en même temps à la laiterie, en train de rentrer du foin, et à la fanfare. C'est bien simple, on ne s'en sortait plus ».

C'est dit très calmement : il a, apparemment, une patience d'ange, René Perrod. Mais il est tout de même un peu amer : « Ce coup-là, il nous l'avaient déjà fait au début de la guerre, et je n'avais pas bien aimé, à l'époque. J'étais soldat, et il y avait tous ces gosses qui gueulaient pendant une heure, le soir, devant la caserne... Non, ce n'était pas une bonne chose ! Pour personne ! Mais je n'imaginais quand même pas qu'ils recommenceraient. Parce que, cette fois, le peuple avait clairement refusé ».

C'est bien simple, il « n'a plus confiance », depuis qu'on a donné ce grand coup de pied dans ses habitudes. « Il y a eu la votation : ça fait un tas de frais, tout ça. Et puis, au bout du compte, on se fout de l'opinion des gens. Alors, vous savez, moi, je suis déçu, je n'y crois plus à ces gens-là. Ils peuvent bien décider ce qu'ils veulent, je dis que c'est le soleil qui doit régler l'heure. Et ici on ne changera plus nos montres de paysans : la mienne est d'ailleurs toujours restée à la même heure ».

# CHAPITRE 9

## QUELLES ÉCONOMIES D'ÉNERGIE ?

Je ne crois pas être un mauvais citoyen... Je tiens à le préciser. Parce qu'on pourrait évidemment m'accuser d'incivisme, me reprocher de ne rien comprendre aux véritables intérêts de la nation, me traiter de passéiste, d'égoïste, ou même de paysan (c'est souvent considéré comme une insulte par les imbéciles). Oui, on pourrait me traîner dans la boue : « Comment, Monsieur Michelet, nous vous prenions pour un homme relativement raisonnable, aussi soucieux qu'un autre de l'intérêt commun ! Et voilà que vous réagissez comme un foutriquet en des temps où ceux qui président aux destinées de la France trouvent le moyen d'économiser la précieuse énergie dont notre pays a besoin ! Parfaitement, Monsieur Michelet : nous n'avons pas de pétrole, mais nous avons des idées. L'heure d'été, que vous le vouliez ou non, nous épargne la consommation de 300.000 tonnes de pétrole chaque année. Si elle ne vous convient pas, c'est regrettable, mais vous devez vous y plier puisque c'est pour le bien de tous qu'elle a été instaurée ». Et cœtera... Ces arguments-là, je les admettrais peut-être : j'accepte bien le principe des impôts... quoi qu'il m'en coûte ! Je sais parfaitement que les mesures les plus justifiées ne sont pas toujours les plus populaires, qu'il en est même d'indispensables qui donnent envie de prendre le maquis. Mais l'heure d'été n'est ni indispensable, ni justifiée. Et je me montre, en la dénonçant, bien meilleur citoyen que ceux qui nous l'ont imposée, que ceux qui l'ont reconduite, et même que tous ceux qui l'acceptent sans un froncement de sourcil !

Les économies d'énergie ? Reparlons-en en détail. En 1975, cocorico, les « spécialistes » nous assènent leur bonne nouvelle : « Tenez-vous bien, vous n'allez pas nous croire, figurez-vous que grâce à notre géniale trouvaille (qui va passer comme une lettre à la poste, une signature et le tour est joué), on va, d'un seul coup d'un seul, vous épargner la consommation de 300.000 tonnes-équivalent-pétrole. Par jour ? Non, n'exagérons rien : par an. Mais c'est déjà très bien, vous savez ». Bon. Que disent les journaux ? Ils disent que c'est très fort, très malin. On sent bien qu'ils pensent que c'est très chic de la part des technocrates de prendre soin de nos porte-monnaie. Une véritable leçon de civisme. Ils précisent doctement que 300.000

TEP, cela représente tout de même les besoins nécessaires au chauffage d'une agglomération de 4 ou 500.000 habitants pendant tout un hiver. Et puis voilà: affirmation vaut preuve, et la désinformation fait le reste. Car qui peut aujourd'hui se vanter d'avoir entraperçu le moindre document, la plus modeste étude chiffrée susceptible de venir à l'appui de cette intéressante théorie ?

L'homme qui peut le mieux en parler est encore une fois le professeur Boris Sandler. Car l'Association contre l'horaire d'été ne pouvait pas décemment contourner l'obstacle. Il fallait creuser le sujet pour en avoir le cœur net, vérifier le bien-fondé de l'argumentation officielle, solliciter des entretiens, se faire communiquer au moins des éléments de preuve. Mais, chou blanc ! Rien ! « Aussi ahurissant que cela puisse paraître, l'Agence Française pour les Économies d'Énergie (AFEE) ne s'est livrée à aucune sorte d'étude préalable avant de lancer ses chiffres, affirme le professeur Sandler. Tout au plus, on peut parler " d'estimations ", mais en aucun cas de calculs. De plus, les évaluations se basaient sur des réflexions datées des années 60, c'est à dire à une époque où la totalité de notre production énergétique était encore d'origine thermique (fioul ou charbon) ou hydraulique. Du vent, rien que du vent ! Et, depuis maintenant plus de dix ans, c'est sur la base de cette première duperie-là qu'on a régulièrement reconduit le changement d'horaire. Avouez que ce serait assez comique s'il n'y avait pas autant de gens pour en souffrir ».

Pas d'étude prospective, pas d'étude a posteriori, non plus : « On aurait pu penser qu'ils s'attacheraient à démontrer l'exactitude de leurs prévisions, poursuit le président de l'Association. Puisqu'ils étaient sûrs d'avoir raison, ils devaient logiquement dresser un premier bilan, après la mise en application de leur idée, et, surtout, le rendre public. Ils ne l'ont pas fait... Et pour cause ! En fait, j'en ai eu confirmation – bien sûr officieusement – par quelqu'un de l'AFME (Agence Française pour la Maîtrise de l'Énergie, qui a succédé à l'AFEE) : ils se sont rendu compte que, dans la meilleure des hypothèses, on arriverait très loin des 300.000 TEP annoncées si l'on voulait s'amuser à établir la somme des économies réalisées ».

D'où le coup de sang de l'Association qui évoquait pendant l'été 88 un article paru dans *Le Monde* du 2 avril 1986 sous la signature de Bruno Frappat (« Qu'il se dénonce ! Qu'il ait le courage de venir sur le devant de la scène, d'affronter nos lourds regards et nos huées ! Où se cache-t-il, le technocrate honni, l'homme de l'ombre qui, chaque année au printemps revenu, nous fait basculer dans l'heure d'été ? ») : « Nous demandons au Premier ministre et au ministre de l'Industrie de prendre une décision de salubrité. Nous n'avons nul goût pour la dénonciation des hommes, nous n'avons jamais employé d'arguments *ad hominem*. Mais trop, c'est trop... » Bon, je comprends cette grosse colère, mais je demeure persuadé qu'il importe surtout de ne donner aucune chance à ce monsieur de laisser son nom à la postérité. Il ne demande que ça, ce détraqueur de pendules, il en rêve ! Il espérait sûrement que sa trouvaille porterait son nom, qu'on ne dirait plus : « l'heure d'été » mais « l'heure X... » Qu'il ne compte pas sur moi pour sa publicité. Pour le présenter, je dirai simplement qu'il est et restera de ces obscurs conseillers, sans mandat électif, ces sous-éminences grises dont regorgent les couloirs des ministères. Lui, son trait de génie fut de convaincre Valéry Giscard d'Estaing qu'il avait découvert le *nec plus ultra* en matière d'économies d'énergie : un coup de pouce au réveil et le tour est joué... On connaît la suite. Elle est d'importance puisque, selon l'Association : « C'est lui qui, depuis douze ans, souffle aux ministres successifs l'ineffable réponse des 300.000 tonnes-équivalent-pétrole économisées ». La diatribe ne s'arrête pas là, puisque l'Association souhaite que cet homme soit dessaisi du dossier « heure d'été », et elle poursuit : « Nous ne pouvons plus dialoguer avec lui. Au cours de l'émission " Le duel " (sur la 5), il a eu une expression révélatrice : “ Qu’est-ce que vous allez encore ME sortir cette année ? ”, qui montre que l’heure d’été est devenue SON affaire. Ayant ainsi perdu la nécessaire neutralité de la haute fonction publique, il s’est complètement déconsidéré. Notre seule attitude, désormais, est de demander que le dossier heure d’été lui soit retiré, et le plus tôt sera le mieux ».

Si les militants de l’association étaient seuls à mettre en doute les économies d’énergie, on pourrait, cette fois encore, les accuser de partialité et, peut-être même, de mauvaise foi. Mais il se trouve que cette idée-là aussi a fait son chemin. Et il est intéressant de suivre sa progression au détour des articles qu’un journal comme *Le Figaro* a consacrés à l’heure d’été depuis trois ou quatre ans. Prenons d’abord l’édition du 29 mars 1985 : « Théoriquement, note *Le Figaro*, ce système permet à un pays comme le nôtre d’économiser l’équivalent de 300.000 tonnes de pétrole chaque année. Théoriquement seulement, car aujourd’hui, plus grand monde ne croit à ce chiffre. Dans la réalité, l’heure d’été n’offrirait désormais plus guère d’intérêt énergétique (...) Une étude vient d’être commandée à EDF pour réévaluer les chiffres : “ Mais, même si on n’atteint pas les objectifs prévus, le principe n’en reste pas moins intéressant ”, affirme-t-on à l’AFME, où l'on souligne que le grand intérêt – fondamental – de l'heure d'été est de constituer une économie gratuite». Parfaitement «gratuite», en effet, en ce qui concerne les économies d'énergie. Mais pour le reste... Passons au 29 mars 1986: «Pour les ingénieurs, insiste *Le Figaro,* c'est surtout le soir que le décalage devait être intéressant, en faisant tomber la nuit aux environs de 22 heures à nos pendules pendant près de cinq mois par an. Selon leurs calculs, le fait d'allumer l'éclairage, public et privé, plus tard le soir, devait permettre d'économiser l'équivalent de huit jours de consommation d'essence de l'ensemble du pays, ou encore les besoins annuels de chauffage d'une ville comme Nantes. Et cette économie devait être d'autant plus intéressante qu'elle ne nécessitait pratiquement aucun investissement. Dix ans plus tard, cependant, les résultats n'apparaîssent plus très concluants: les courbes de consommation à EDF montrent que, heure d'été ou pas, le besoin d'électricité est tout à fait le même en début de soirée. L'heure d'été semble avoir perdu son intérêt économique, victime, semble-t-il, de la vogue de l'éclairage individuel que l'on a pris l'habitude d'utiliser plus par réflexe que par véritable besoin, à n'importe quelle heure de la journée, dès que l'on se retrouve chez soi». Le 26 septembre 1987, l'idée se renforce encore un peu: «Les économies procurées par ce système apparaissent aujourd'hui beaucoup plus limitées que voici dix ans. On admet à l'AFME que, production électrique d'origine nucléaire aidant, elles sont devenues " difficiles " à mesurer ». Et le même journal était encore beaucoup plus explicite un an plus tard, le 24 septembre 1988, en n'hésitant pas à affirmer : « Créés au lendemain du premier choc pétrolier des années 1973-1974 par souci d'économie d'énergie, les horaires d'été et d'hiver n'ont jamais fait l'unanimité. Les résultats énergétiques semblent d'ailleurs minces. Ils devaient permettre d'économiser l'équivalent de 300.000 tonnes de pétrole par an. La mesure ne semble pas avoir tenu ses promesses. L'évolution à la baisse du baril d'or noir, la modification des habitudes de vie – la consommation d'électricité s'étale davantage dans le temps – ont rendu caduques les économies espérées. La nouvelle direction de l'AFME semble persuadée du bien-fondé de cette gymnastique. Peut-être fera-t-elle réaliser une étude sérieuse sur ses conséquences économiques, analyse qui manque pour en apprécier la portée ». Que répond l'AFME ? Elle campe sur ses positions, déclare au *Parisien* (en date du 26 mars 1988) que l'économie réalisée se monte à « un million de kilowatts », et qu'elle demeure « sereine face à la polémique relancée deux fois par an depuis 1976 ». Reconnaissons-lui un certain sang-froid... ou une mauvaise foi sans borne.

Voyons un peu, maintenant, ce que nous enseignent les fameuses courbes de consommation EDF dont il a été question. Quelle économie ? Allez, dites votre chiffre : 200.000 tonnes ? C'est moins. 150.000 tonnes ? C'est moins. 100.000 tonnes ? Vous y êtes presque, puisqu'il s'avère que les économies maximales s'élèveraient au mieux à 80.000 TEP. Et encore ce chiffre devra-t-il être sérieusement minoré, puisqu'il apparaît que le changement horaire entraîne bel et bien des dépenses !

Glissons rapidement, si vous le voulez bien, sur les frais occasionnés par les deux grands chambardements du printemps et de l'automne. Il y aurait certainement beaucoup de choses à en dire, c'est vrai : plus de 2.000 horloges publiques (sans compter les horodateurs des parcmètres) à remettre à l'heure, manuellement et bi-annuellement, pour la seule ville de Paris, et des visites obligatoires dans 169 écoles, 57 églises, sans compter les mairies, les bibliothèques et autres bâtiments administratifs ; l'obligation en automne pour la SNCF de stopper ses trains pendant une heure, dans la nuit du passage à l'heure d'hiver (ce qu'Air France ne peut guère se permettre !) ; et, bien sûr, quelques milliers (ou quelques millions) d'heures de travail perdues par tous ceux qui, au printemps, oublient consciemment ou inconsciemment d'avancer les aiguilles de leur réveil-matin.

Quand je parle de « chambardement », je pèse mes mots. Tenez, lisez plutôt, pour vous en convaincre, la suite du fameux « arrêté portant fixation de la période d'heure d'été en 1986, 1987 et 1988 », dont je vous ai déjà communiqué l'article 1er. Cela aussi, on le trouve dans le *Journal Officiel* : « Le directeur général de l'Aviation civile, le directeur des Transports terrestres et le directeur de la Météorologie au ministère de l'Urbanisme, du Logement et des Transports, le directeur général de l'Energie et des Matières premières et le directeur de la Qualité et de la Sécurité industrielles au ministère du Redéploiement industriel et du Commerce extérieur, le directeur de la Flotte de commerce et de l'Equipement naval, le directeur des Ports et de la Navigation maritimes et le directeur des Pêches maritimes et des cultures marines au secrétariat d'Etat chargé de la Mer sont chargés, chacun en ce qui le concerne, de l'exécution du présent arrêté ». Ouf ! Je crois que personne n'a été oublié. Vous admettrez que la liste peut donner le vertige si l'on tient compte du fait que tous ces éminents personnages se trouvent, chacun, au sommet d'une pyramide. Et qu'ils n'ont plus qu'à faire redescendre la directive jusqu'à la piétaille.

Oui, il y aurait beaucoup à dire... Mais il est, je crois, plus intéressant d'examiner tous les autres coûts directement induits par l'heure d'été. Il y a l'augmentation de pollution provoquée , nous l'avons vu, par le décalage par rapport au soleil : combien coûte au pays la dégradation des matériaux qu'elle entraîne ? A combien pourra-t-on chiffrer les ravages occasionnés par les pluies acides ? Il ne s'agit plus, cette fois, de centaines de millions, mais bien de milliards de francs. Et ne serait-il pas plus urgent – et sans doute plus efficace – de renoncer sans attendre à l'heure d'été pour tenter d'enrayer le mal, plutôt que d'imposer la solution des pots catalytiques à l'industrie automobile européenne, ce qui ne se fera évidemment qu'à grands coups de nouveaux milliards ? Cette voie-là ne donnera des résultats que dans quelques années, au fur et à mesure du renouvellement des parcs automobiles. L'abandon de l'heure d'été constituerait, à l'inverse, une mesure de type indirect à effet rapide : un remède gratuit, et particulièrement facile à appliquer.

Il y a ensuite les incontestables entraves à la productivité rencontrées par toutes les professions qui s'exercent en plein air, à commencer par l'agriculture et l'élevage. Il y a toutes les retombées des malaises, ou maladies, provoqués ou aggravés par la rupture des rythmes biologiques. Le professeur Boris Sandler parle, à cet égard, d'une augmentation de la consommation de somnifères et de tranquillisants, « même parfois pour les enfants». «Médecins généralistes, pédiatres, pharmaciens, dit-il, connaissent bien désormais cette pathologie provoquée par le changement d'heure, et qui vient alourdir encore un peu plus les charges de la Sécurité sociale». Et il y a enfin ce qu'Eléonore Gabarain-Moreau, l'ingénieur agronome qui avait déjà soulevé le lièvre de l'aggravation de la pollution, appelle «un effet inattendu»: inattendu, en effet, du côté de l'AFME, puisqu'il s'agit tout bonnement de «l'heure d'été, facteur de surconsommation d'énergie».

C'est le contraire d'une plaisanterie. Il s'agit ici d'une étude sérieuse, scientifique, appuyée non pas sur une «réflexion» mais sur de véritables calculs, qui présentent en outre l'avantage de pouvoir être communiqués à qui en fait la demande. Et les travaux de Mme Gabarain-Moreau sont, encore une fois, parfaitement édifiants. Qu'on en juge:

«Le long de chaque journée de l'année, dit-elle en introduction, la température croît à partir d'un minimum qui se situe environ une heure après le lever du soleil (...) Au début du mois d'avril, le lever du soleil a lieu vers 5 heures 30 solaires (heure TU, ou temps universel), donc le minimum de température se trouve souvent autour de 6 heures 30. Comme, au mois d'avril, la France vit déjà avec deux heures d'avance par rapport au méridien de Greenwich (au lieu d'une heure en hiver), il se trouve que 6 heures 30 GMT correspond à 8 heures 30 légales : ceci signifie que nous nous levons, nous nous habillons, et nous nous rendons vers notre lieu de travail pendant que la température descend vers un point assez bas (de 7,3 ° C en moyenne) ».

« Le matin, poursuit Mme Gabarain-Moreau, l'apport énergétique du soleil est important en termes de lumière, mais aussi en termes de chaleur. En nous levant plus tôt, la sensation de froid matinal est plus prolongée (alors que dans un lit, avec de bonnes couvertures, ce minimum se supporte très bien sans chauffage). Ainsi, en l'année 1976, après introduction de l'avancement horaire d'été, l'une des premières constatations fut précisément celle des " matinées froides ". Evidemment, des jeux sur les aiguilles de la montre ne changent en rien la courbe de la température journalière, mais situent notre activité sur des parties différentes de cette courbe ». Traduction pour ceux qui n'auraient pas parfaitement saisi : il fait toujours aussi froid à la même heure, mais en été nous sommes debout à cette heure-là, au lieu de nous prélasser sous notre couette. Poursuivons avec Eléonore Gabarain-Moreau.

« Notre idée centrale, explique-t-elle, est que les consommateurs prolongent inconsciemment la durée de la saison de chauffage en raison de l'heure d'été ». Reste à le prouver. Qu'à cela ne tienne ! A partir des courbes de consommation d'électricité réalisées par EDF, Mme Gabarain-Moreau montre que les économies d'éclairage attribuables à l'heure d'été s'élèvent au maximum à 80.000 TEP en France. Ensuite, elle calcule le montant mimimum des surconsommations de chauffage en avril, et parfois en septembre, en arrivant à une valeur d'environ 100.000 TEP. Eh bien, même dans cette hypothèse la plus basse, le bilan énergétique global de l'heure d'été serait donc négatif. A l'appui de ces calculs, des études réalisées en RFA évoquent des économies d'énergie « insignifiantes » et signalent diverses surconsommations provoquées par l'heure d'été. Des documents britanniques prennent également en compte des surconsommations de chauffage... Une précision encore : « Notons que ces surconsommations de chauffage supposent des énergies diverses, dont certaines sont importées (gaz, charbon, fioul...), tandis que les économies d'éclairage concernent des kilowatts d'origine nucléaire, actuellement excédentaires en France ». Il fallait que cela aussi soit dit.

Voilà toutes les raisons pour lesquelles j'ai envie de croire le professeur Sandler quand il nous dit que l'heure d'été est aussi inutile que néfaste, plutôt que les sinistres grands prêtres d'une civilisation déshumanisée qui ont prétendu changer ma vie sans me demander mon avis, et qui continuent de prétendre qu'ils l'ont améliorée, en restant sourds à tous les arguments de simple bon sens. Voilà pourquoi je n'accepterai pas qu'on me traite de mauvais citoyen, d'égoïste, de passéiste ou de rétrograde.

## CHAPITRE 10

## LES RÉPONSES DES POLITIQUES

De quel côté faut-il maintenant se tourner? Où faut-il aller hurler que l'heure d'été est nuisible, fatigante, polluante, coûteuse, qu'elle mine les esprits des vieillards, exténue les corps des plus faibles, empêche certaines professions de s'exercer naturellement? A qui faut-il adresser protestations, plaintes et pétitions? Tout a été dit, ou presque. Les « petites voix », relayées le plus souvent par l'Association présidée par le professeur Sandler, ont finalement pu parvenir jusqu'à ceux qui décident. Mais, si on les a entendues, on ne les a pas écoutées. On leur a d'abord opposé quelques réponses polies, du genre: « Votre requête a retenu toute mon attention, j'ai transmis vos remarques aux services concernés, veuillez agréer, etc. ». Une fin de non-recevoir en bonne et due forme, en fait, comme il s'en écrit quelques centaines chaque jour dans chaque administration. On leur a ensuite expliqué, avec un rien de condescendance, qu'ils n'avaient strictement rien compris au problème : « L'heure d'été nocive pour la santé ? Une fable ! Aucune étude sérieuse ne l'a démontré ! » Oui, oui : c'est ce qu'ils ont répondu, du côté de l'AFME, et c'est ce qu'ils répondent encore aujourd'hui. Quant aux arguments des agriculteurs, ils les balaient d'un revers de main : « Les travaux agricoles peuvent être commencés au moment opportun, et non à une heure conventionnelle ». C'est du langage administratif, mais la traduction est parfaitement claire, qui ne veut pas dire autre chose que : « Vous commencez à nous emmerder avec vos états d'âme. On ne vous empêche pas de travailler dans les champs quand vos enfants sont à table, alors un conseil : oubliez-nous ! »

Depuis bientôt quinze ans, les réponses sont strictement les mêmes et peu importent les nouveaux arguments des abolitionnistes, qu'ils concernent l'aggravation de la pollution ou la surconsommation induite par le changement d'horaire : « L'heure d'été permet un allègement des factures d'électricité ; l'heure d'été entraîne une plus grande harmonisation avec le cycle solaire ». Deux bourdes pharamineuses, auxquelles on a largement fait la peau, nous l'avons vu. Mais le message a décidément du mal à passer.

Il n'existe en France aucune possibilité de déclencher un référendum sur le sujet, contrairement à ce qui se passe en Suisse, où il suffit de réunir les signatures de 50.000 citoyens pour que le pays se prononce, le plus démocratiquement du monde, sur l'opportunité d'une loi ou d'un règlement. Le résultat d'une telle consultation serait pourtant diablement intéressant chez nous, et je prends les paris que celle-ci, au moins, recueillerait un taux de participation record. Faute de pouvoir voter oui ou non à l'heure d'été (que voilà une question simple), il nous reste la possibilité d'en appeler aux élus, aux représentants des grands partis politiques, aux membres du Gouvernement. Et ils ont tous été sollicités par l'Association contre l'horaire d'été, forte des 150.000 signatures recueillies par ses militants. Alors, des députés sont montés à la tribune, comme René André, déjà cité, pour développer les thèses abolitionnistes devant l'Assemblée nationale, le 19 décembre 1986. Vous voulez connaître la réponse d'Alain Madelin, alors ministre de l'Industrie, des P.T.T. et du Tourisme ? Oui ? Alors, allons-y : « Je comprends très bien, monsieur le député, que ce système peut créer des difficultés, notamment pour le monde agricole. Comme vous, je suis l'élu d'une région agricole et je sais que c'est une question qui revient souvent dans les conversations. Il faut reconnaître que l'heure d'été entraîne des perturbations dans l'activité agricole, mais le décalage entre l'heure légale et l'heure solaire n'est pas le seul fait de la France. Dans la plupart des pays européens, l'heure d'hiver est en avance d'une heure et celle d'été de deux heures sur le soleil. Les autres pays européens connaissent eux aussi les problèmes que vous avez évoqués ; ils ont procédé à des adaptations des horaires en fonction des tempéraments nationaux et des habitudes de vie. L'alternance régulière de l'heure d'hiver et de l'heure d'été est le résultat d'une directive communautaire qui fixe l'heure d'été.

« J'estime, quant à moi, que cette alternance est utile. Elle a assurément un effet sur les économies d'énergie. Certes, la baisse du prix du pétrole a modifié dans un sens favorable les données énergétiques, mais elle ne les a pas fondamentalement modifiées à long terme. C'est la raison pour laquelle nous devons rester vigilants : toutes les mesures visant à économiser l'énergie sont une bonne chose. Certaines ont été prises à l'initiative des consommateurs, d'autres à l'initiative des entreprises, d'autres encore à celle des gouvernements, comme celle-ci. Il n'est donc pas dans l'intention du Gouvernement de modifier l'alternance de l'heure d'hiver et de l'heure d'été ».

Que faut-il retenir de ce morceau d'éloquence parlementaire ? Trois choses. Un : les agriculteurs souffrent de l'heure d'été, mais... tant pis. Deux : on fait des économies d'énergie, mais pas beaucoup. Trois: de toute façon, la France est liée par une directive européenne. A l'Assemblée nationale, on estime qu'il s'agit là d'une réponse à une question écrite. Sur un terrain de rugby, on appelle cela « renvoyer quelqu'un dans ses vingt-deux mètres ». Le résultat est le même, en tout cas: retour à la case départ.

« Tous les hommes politiques auxquels nous sommes allés exposer nos griefs ont eu la même attitude », dit le professeur Boris Sandler. « Pas un n'a été capable de nous ressortir autre chose, en dix ans, que cette espèce de polycopie systématique: " L'heure d'été satisfait les gens, elle nous fait économiser 300.000 tonnes de pétrole ", en y ajoutant aujourd'hui la justification européenne. Il est même étonnant de voir à quel point les réponses des uns et des autres ont pu être, en l'occurrence, être identiques, quelles que soient leurs familles politiques. Un véritable consensus, pour une fois! ».

L'an dernier, l'Association a profité de l'élection présidentielle pour envoyer un dossier à chacun des candidats en présence, en lui demandant bien sûr de prendre position pour ou contre l'heure d'été. L'occasion, avouons-le, était trop belle: c'était le moment où jamais d'exiger des réponses, en cette période de grande séduction où chacun part à la pêche aux voix, son cahier de promesses sous le bras.

Allaient-ils, enfin, étudier sérieusement le bilan de douze années de changement horaire ? Suspense. Eh bien, non. Les candidats marginaux, Arlette Laguillier, Boussel et Juquin, ont superbement ignoré le débat. Raymond Barre, André Lajoinie et Jean-Marie Le Pen ont répondu sur un même ton que « certes, l'heure d'été pouvait présenter des inconvénients », mais que, « néanmoins, tout bien considéré et toutes choses égales par ailleurs, il s'agissait en tout état de cause, qu'on le veuille ou non, d'une directive européenne, et ceci-cela ». On n'ose imaginer qu'ils s'étaient concertés. Aucun espoir, en tout cas, de ce côté-là.

« C'est pourtant Pierre Bérégovoy, en tant que directeur de campagne de François Mitterrand, qui nous a le plus surpris », avoue le professeur Sandler. « Nous avons, en effet, textuellement retrouvé sous sa plume une formule malheureuse déjà employée, en d'autres temps, par le cabinet de Jacques Chirac pour nous éconduire : “ Il faut reconnaître, cependant, que ces changements d'horaire permettent de substantielles économies d'énergie, et aussi de mieux centrer les activités humaines sur le rythme solaire et ainsi de gagner une heure de lumière naturelle qui était perdue le matin ”. Mais c'est une parfaite absurdité ! Comment une heure pourrait-elle être perdue ? » Cette crétinerie, on la retrouve régulièrement, d'ailleurs, puisque la formule avait également été employée par Alain Madelin, dans une lettre adressée à Jacques Cambolive, député de l'Aude, en décembre 1986. Ce document existe en fac-similé dans le « Dossier noir » établi par l'Association, tout le monde peut le consulter. « L'heure d'été, dit Madelin, permet de recentrer la moyenne des activités humaines sur le rythme solaire et de récupérer en quelque sorte une heure de lumière naturelle qui serait sinon perdue le matin ». Mais il ne faut même pas s'en étonner : chaque fois, la signature change, mais nous en connaissons l'auteur véritable. C'est toujours le même personnage depuis quinze ans : les Présidents passent, les fonctionnaires restent.

Il nous manque encore la réponse du candidat Jacques Chirac en 1988. Elle a le mérite d'être claire : « Vous exprimez, dit-il, votre souhait de voir abolir l'heure d'été. Je dois vous indiquer qu'une telle mesure ne me paraît pas opportune. En effet, même si ce dispositif peut entraîner certains inconvénients, il comporte des avantages déterminants en matière d'économies d'énergie, dont notre pays a besoin ». C'est non. Alors, qui reste-t-il ? Les « Verts ». Ils ont été les seuls à se prononcer pour l'abolition du changement horaire. Mais peut-être ont-ils également été les seuls à lire attentivement le dossier qui leur avait été envoyé. Et il est bien peu probable que leur seul poids suffise à infléchir le cours des choses, même si Brice Lalonde, aujourd'hui secrétaire d'Etat à l'Environnement, se rappelle ses engagements antérieurs, du temps où il militait aux côtés des « Amis de la Terre », et commande à ses experts un rapport complet sur l'effet « pollution » de l'heure d'été.

Car il y a aujourd'hui l'Europe... L'Europe comme excuse, l'Europe comme justification, l'Europe comme paravent : « Nous sommes liés par les décisions européennes, nous n'y pouvons rien, il est trop tard, etc. ». Eh bien, non ! C'est une nouvelle fable à laquelle il est urgent de tordre le cou : la France n'est liée par rien ni personne en la matière. D'abord – et il faut tout de même s'en souvenir – c'est bien elle qui a commencé. A l'époque, il n'était absolument pas question de « directive communautaire » et personne ne s'était soucié « d'harmonie horaire » au sein du vieux continent. Alors, il ne faudrait pas, aujourd'hui, renverser les rôles. Si le Bénélux, l'Espagne, l'Allemagne de l'Ouest, puis bientôt tous les autres ont tour à tour adopté l'heure d'été, c'est parce que la France les y a pratiquement contraints. N'est-ce pas exactement ce qui s'est passé pour la Suisse qui, bien que ne faisant pas partie de la CEE, s'est retrouvée affligée d'un changement horaire dont elle ne voulait pas (et que son électorat avait clairement rejeté), pour ne pas constituer un

« ilôt » décalé par rapport à tous ses voisins ? La France, elle, n'a pas eu à s'aligner : ce sont bien ses technocrates, ceux de Giscard d'abord, mais ceux de Mitterrand ensuite, qui ont choisi d'imposer et de reconduire le décret du 29 septembre 1975, en l'absence de toute pression extérieure. Et c'est par un nouveau tour de passe-passe que l'on voudrait nous faire croire qu'il est devenu impossible de faire marche arrière.

L'argument de « l'unité européenne » ne tient pas. Il ne tient pas philosophiquement : ce n'est pas parce que le système du changement horaire a essaimé à travers l'Europe (et même à travers le monde, puisque la Chine s'y est mise récemment) qu'il est moins pernicieux. Ce n'est pas parce que dix, vingt ou cinquante pays font ensemble la même erreur qu'ils donnent subitement tort à tous ceux qui réclament le retour à l'heure solaire, ou, au moins, à l'heure d'hiver.

Et que dire de l'aspect juridique ! La directive européenne a-t-elle obligé l'Irlande et la Grande-Bretagne à changer d'horaire aux mêmes dates que l'ensemble de la Communauté ? Non ! Car, quoi qu'en disent tous les politiciens, quoi qu'en pensent tous ceux qui ont baissé les bras, croyant que l'institution de l'heure d'été était irrévocable, aucun des pays de la Communauté n'est tenu de se conformer à l'avis exprimé par les instances européennes. La question a été posée à Jacques Delors, et sa réponse ne souffre aucune ambiguité : « Les directives communautaires, dit-il, ne rendent obligatoires ni l'introduction ni l'application de l'heure d'été dans les Etats membres, ceci étant une décision appartenant aux autorités de chaque gouvernement ». En fait, « l'indispensable » synchronisation n'apparaît réellement indispensable qu'à l'activité des réseaux bancaires et des Bourses européennes, qui trouvent évidemment plus facilement à se faire entendre que quelques centaines de milliers d'agriculteurs isolés. Mais, on le voit, il ne s'agit pas, comme certains l'affirment si volontiers, d'une « affaire supra-nationale », et qui échapperait aux simples décisions gouvernementales. Sollicitée par l'Association contre l'horaire d'été, la Commission européenne des Transports, à laquelle nous devons « l'harmonisation », a prétendu n'exprimer en l'occurrence que la volonté des Etats. Sans plus.

Il faudrait et il suffirait donc que la technocratie française admette la réalité de tout ce qui précède pour que tout rentre dans l'ordre. Bien du chemin a déjà été parcouru, puisque plus personne n'ose désormais s'accrocher sérieusement à l'argument économique, que ce soit au niveau national ou au niveau européen. De la même manière, le dernier arrêté fixant les dates du changement horaire pour la France portait sur un an (et non plus sur trois), alors qu'il avait été sérieusement envisagé d'en prévoir la durée jusqu'à l'an 2000. Mais la cause est bien loin d'être entendue. Les idées reçues ont la vie dure, tout comme certaines certitudes technocratiques.

Le professeur Boris Sandler en est plus conscient que quiconque. Il faut dire qu'il a parfois eu l'occasion, lui, de traiter directement avec ceux qui nous gouvernent, et ce qu'il a entendu avait de quoi le laisser pantois. « Je me souviens, dit-il, du jour où j'avais été reçu par un membre du cabinet de Laurent Fabius, alors ministre de l'Industrie. C'était un homme tout à fait courtois, d'ailleurs, mais qui commençait à m'agacer en m'assénant des vérités du genre : " L'heure d'été a une connotation rurale, c'était bon du temps de la lampe à huile et de la marine à voile ". J'ai fini par lui rétorquer que la RFA vivait tout de même bel et bien à l'heure solaire en hiver, et même en été jusqu'en 1977. Vous savez ce qu'il m'a répondu ? Il m'a dit : " La RFA ? Un grand pays industriel comme la RFA ? Je ne vous crois pas ! " C'est tout à fait significatif : ces gens-là ont établi une corrélation modernité-heure d'été dont ils n'arriveront plus à se sortir. Et comme ils n'ont jamais pris le temps d'étudier sérieusement la situation, ils sont définitivement sûrs d'avoir raison ».

Cela ne simplifie rien, on s'en doute. On ne

convaincra pas ces gens-là, on ne leur fera jamais admettre qu'ils ont fait fausse route et que leur prétendue modernité les a amenés à imaginer la plus sotte, la plus artificielle, la plus inconséquente, la plus prétentieuse et la plus dommageable des inventions inutiles. Le constat est brutal, mais il s'impose : le bon sens ne triomphera pas ! Les protestations n'ont servi à rien, les preuves ont été jetées au panier, les manifestations ont été ignorées, les pétitions de deux mille communes et de plusieurs Conseils généraux ou régionaux n'ont pesé d'aucun poids dans la balance ! Il restait à tenter de se battre sur un terrain purement juridique, mais même cela s'est avéré vain. Les militants abolitionnistes disposaient pourtant d'une solide argumentation, l'heure d'été, telle qu'elle est appliquée en France, selon une procédure règlementaire, violant selon eux l'esprit et la lettre des textes législatifs antérieurs. Comment ? « Le décret de 1975, disent-ils, s'appuie sur la loi du 9 mars 1911 qui alignait l'heure française uniformisée sur le méridien de Greenwich, et sur celle du 24 mai 1923 qui autorisait une heure (une heure seulement !) d'avance par rapport au soleil. Cette loi de 1923 a été modifiée, par le Gouvernement de Vichy et sous la pression des Allemands, le 19 décembre 1940. Ensuite, c'est un décret du 14 août 1945 qui a remis les pendules françaises à l'heure de

Greenwich, mais seulement sur le papier : la mesure, qui devait entrer en vigueur le 18 novembre suivant, a en fait été abrogée le 5 novembre par un nouveau décret, et c'est pourquoi la France est restée de 1945 à 1976 à l'heure de Greenwich avancée d'une heure. Conclusion : la loi du 9 mars 1911 étant toujours en vigueur, il eût fallu, en 1976, revenir, en hiver, à l'heure solaire du méridien de Greenwich avant que de fixer une heure d'été qu'aucun texte n'autorise à être en avance de deux heures sur elle. En fait, par un simple décret, et sans débat au Parlement, on a purement et simplement abrogé les deux lois de 1911 et 1923, ce qui, juridiquement, ne s'était encore jamais vu ! ». Et ce n'est pas tout, puisqu'un décret comme celui du 7 octobre 1979 comporte, pour sa part, un erreur grossière, elle aussi soulevée par l'Association : « L'heure légale dans les départements métropolitains de la République, dit le texte, est obtenue en ajoutant une heure au temps universel coordonné (UTC), à l'exception de la période d'heure d'été pendant laquelle l'heure légale est obtenue en retranchant trois heures à l'UTC ». Vous avez bien lu. Selon cet intéressant document, il conviendrait donc, au printemps, de retarder nos montres de quatre heures au lieu de les avancer, comme nous le faisons (à contrecœur) de 60 minutes ! Et il ne s'est trouvé personne pour relever cette bourde ! Personnellement, tout cela me laisse rêveur... Mais revenons-en aux effets de ces arguments juridiques, qui peuvent sembler imparables. De fait, ils le sont. Et cela aurait pu marcher. Malheureusement, il eût fallu, pour cela, attaquer les décrets devant le tribunal administratif dans les trois mois qui ont suivi leur première parution au *Journal Officiel*, et il était trop tard au moment où l'on s'en est avisé. Aujourd'hui, il n'y a plus rien à faire sur ce terrain-là. Et pas grand chose à espérer, non plus, des différentes démarches entreprises à Strasbourg auprès des élus européens.

Mais pas question, pour autant, de baisser les bras. Nous savons, maintenant, grâce au travail du professeur Sandler, d'Eléonore Gabarain-Moreau et de tous leurs amis, que nous sommes quelques millions en France à refuser de gesticuler en cadence autour du cadran horaire. Nous savons qu'il y a des Suisses, des Belges, des Allemands qui en ont assez, eux aussi, de se lever en pleine nuit, de se coucher en plein jour. Alors, il faut en parler, et en parler encore, jusqu'au jour, dont je rêve, où nous serons assez nombreux pour bloquer le système. Imaginez... Oui, imaginez qu'un jour nous disions non et que, majoritairement, nous refusions d'avancer nos horloges au printemps. Les trains partiraient sans nous ? La belle affaire ! Il y aurait des émeutes dans les aéroports ? Pas plus que pendant n'importe quelle grève des pilotes ou des contrôleurs aériens. Ce serait un coup dur pour l'économie ? Oui, probablement : des millions d'heures de travail perdues, des rendez-vous manqués, des livraisons en retard, une gigantesque accumulation de ratages dans tous les domaines...Et c'est même pour cela qu'il ne serait pas nécessaire de pousser le jeu trop longtemps : je vous assure qu'on considérerait tout à coup d'un autre œil, dans les ministères, les récriminations des abolitionnistes. Mais on les trouverait soudain pleins de bon sens, ces gens-là !

Est-ce que vous vous représentez vraiment le formidable chaos qui résulterait de ce simple petit pas de côté ? Mais est-ce que le jeu n'en vaudrait pas la chandelle ? Puisque les manifestations n'ont rien donné, essayons une fois, pour voir, la résistance passive. Et que l'on ne vienne pas me dire, en tout cas, que c'est une idée absurde. L'absurdité est de l'autre côté et nous la subissons depuis 1976. Bien sagement. Trop sagement. Ne laissons plus les technocrates réglementer en toute impunité nos heures de soleil, ne les encourageons pas à codifier, bientôt, les regards que nous aurons le droit de porter sur les arbres et les fleurs, ne leur donnons pas l'occasion de quantifier un jour par décret les volumes d'air qu'il nous sera loisible de respirer. Ils sont prêts à le faire! Car nous en sommes là, hélas! et tout nous pousse à craindre qu'il faille d'ici peu reprendre quelque Bastille. Faute de quoi, le « Meilleur des Mondes » qu'on nous imposera bientôt sera vraiment l'antichambre de l'enfer. Pour notre prétendu bien-être, on légiférera pour nous dans tous les domaines. On nous prendra en charge dès avant la conception et on ne nous lâchera plus jusqu'au cimetière. Entre-temps, on aura décidé de nos goûts, de nos distractions, de nos études, de notre profession, du nombre d'enfants que nous aurons le droit d'avoir. On surveillera même nos ébats amoureux et on nous bordera chaque soir dans nos lits – à l'heure dite! – après nous avoir bourrés de somnifères. Malheur à ceux qui regimberont: ils seront châtiés au nom de la communauté.

J'exagère? Si peu. Souvenez-vous, la preuve n'est plus à faire que toute cette triste histoire de changement d'heure repose vraisemblablement, pour partie, sur cette espèce de mégalomanie qui frappe nos dirigeants successifs. Ils veulent tous, sans exception, inscrire leur nom au fronton du Panthéon. Alors, faute d'exploits héroïques, ils se rabattent sur l'intendance, le tout-venant; ils érigent leurs lubies en institutions. Investis des plus grands pouvoirs, ils décident, disposent, concoctent au gré de leur fantaisie. La haute opinion qu'ils ont d'eux-mêmes et qu'entretient servilement leur entourage leur interdit d'envisager un seul instant qu'ils puissent se tromper, comme vous et moi, comme tout le monde. Ils ne sont pas tout le monde. Ils ne peuvent pas se tromper.

Bon, d'accord, laissons-leur toutes leurs illusions. Mais ne cessons jamais de leur rappeler, à cor et à cri, à temps et à contre-temps, par pétitions, par lettres, par discours, par manifestations, par mauvaise humeur, par coups de gueule, par coups de sang, qu'on ne triche pas avec le soleil, qu'on ne freine pas sa marche. Les Présidents ne sont pas Josué. Ils se doivent, avant tout, d'être au service des citoyens et non l'inverse. Pour servir les citoyens que nous sommes – osons même dire les électeurs – il importe de les écouter. Alors, plus nous serons nombreux à crier, mieux nous serons compris et mieux sera entendu notre credo : *vive l'heure d'hiver !*

# TABLE DES MATIÈRES

*Imprimé en France par la Société Nouvelle Firmin-Didot*
**Dépôt légal: février 1989**
**N° d'édition : 0076 - N° d'impression : 11155**